Versant intime

Montagnes humaines

DANS LA MÊME COLLECTION

Michel Butor, *La Mémoire des sentiers*, 2018.
Philippe Claudel, *Le Lieu essentiel*, 2018.
Marie-Hélène Lafon, *Le Pays d'en haut*, 2019.
Belinda Cannone, *La Forme du monde*, 2019.
Étienne Klein, *Psychisme ascensionnel*, 2020.
Bernard Minier, *Vallées secrètes*, 2021.

Jean-Christophe Rufin

de l'Académie française

Entretiens avec Fabrice Lardreau

MONTAGNES HUMAINES

ARTHAUD

87, quai Panhard-et-Levassor
75647 Paris Cedex 13

ISBN : 978-2-0814-9296-7

L'intimité du vertical

Quel est votre premier souvenir de montagne ?

La montagne m'est d'abord apparue comme une terre profondément hostile, un univers de cauchemar évoquant la fin du monde. C'était en 1961. J'avais neuf ans. Ma mère m'avait placé dans un pensionnat religieux du Valais suisse, à Bulle, dans le district de la Gruyère. L'établissement était dirigé par des religieuses, assez méchantes, qui organisaient parfois des excursions en montagne, l'été. Pendant l'une de ces sorties, nous avons dormi dans un chalet d'altitude – un bâtiment tout en bois, dans mon souvenir. Un violent orage a éclaté à la tombée du jour. Il faisait très sombre dehors et, à intervalles réguliers, à travers les petites fenêtres du bâtiment, j'apercevais les éclairs illuminant un instant l'intérieur. J'étais loin de mes parents, sans aucune famille, aucune connaissance autour de moi, et me sentais très vulnérable. Pas mal d'excentriques annonçaient la fin du monde à cette époque, et je me suis dit qu'elle était arrivée : il n'y aurait pas de lendemain ! Je me suis senti extrêmement triste, loin de mes parents, de ma mère… J'ai éprouvé une forme de désespoir, d'injustice terrible, mais aussi un sentiment d'absurdité, de frustration : à peine commencée, la vie allait s'achever. C'était comme si j'entrais dans un cinéma où la séance était déjà en train de se terminer. J'avais raté quelque chose… La montagne donnait un caractère tragique à cet épisode, surtout dans l'imaginaire enfantin. Vécue en ville, une telle histoire n'aurait pas pris la même ampleur – l'apocalypse aurait été reléguée au rang de charlatanerie. J'ai encore l'impression de voir la scène, toujours vivace dans mon esprit si longtemps après ; j'entends le grondement du tonnerre, j'ai devant les yeux le vieux couple qui tenait le chalet (ils me paraissaient en tout cas très âgés à cette époque), notamment l'homme, aux allures de patriarche, qui nous préparait à cette idée de fin du monde, disant qu'il ne fallait pas trop s'inquiéter… Nous sommes allés nous coucher et, contre toute attente, le lendemain matin, le monde était… encore là !

Cette histoire peut paraître anecdotique, mais elle a structuré chez moi un rapport très particulier à la montagne, rapport que je qualifierais d'« exorcisme ». Je me suis toujours approché de la montagne comme s'il s'agissait d'une bête à apprivoiser. Ce n'était pas un monde hédoniste, attirant, mais un décor qui me faisait peur et qu'il me fallait dominer. Ce sentiment a accompagné toutes mes expériences en altitude, qu'il s'agisse d'abord de la randonnée puis, ensuite, de l'alpinisme. Les techniques que l'on m'enseignait me permettaient de maîtriser cette espèce de bête sauvage… Je ne suis pas plus terrorisé qu'un autre par la montagne, mais j'ai toujours cette idée, même par beau temps, lorsqu'il fait chaud et que je me trouve dans une course facile, de cette présence diffuse d'une fin du monde – tout est lié à cette scène originelle imbriquant montagne et apocalypse.

La montagne, si je me replonge dans mon enfance, est toujours associée à ma mère. Elle travaillait à l'époque pour Guigoz, le fabricant de lait concentré suisse, dont les usines étaient situées à Vuadens près de Fribourg. Elle habitait Bulle, petite ville donnant sur une montagne, la dent de Broc, sommet situé près de Charmey, auquel les Valaisans sont très attachés. Depuis le divorce de mes parents survenu lorsque j'avais un an, je vivais chez mes grands-parents maternels à Bourges. Ma mère me prenait de temps en temps avec elle en Suisse. Mais la vie était assez compliquée pour elle à l'étranger, car elle avait beaucoup de travail et peu de loisirs. C'est la raison pour laquelle, parfois, elle me plaçait dans des *homes* d'enfants en montagne.

Ma mère était un personnage à la Sagan… Malgré ses revenus limités, elle s'achetait toujours des voitures de sport, en particulier des Alfa Romeo, qui avaient une cote particulière à l'époque. Je me souviens d'un après-midi où nous sommes montés en voiture sur les hauteurs de Gruyères où se trouve un château médiéval assez célèbre. Ma mère conduisait sa toute nouvelle Alfa Romeo noire, décapotable… Après notre promenade, nous sommes remontés dans la voiture. Elle a voulu faire demi-tour, mais en vain : impossible de trouver la marche arrière. Des passants amassés autour de nous ont commencé à rire et à se moquer d'elle. Dans cette période encore conservatrice, il était inconcevable qu'une femme soi-disant « libre », possédant une voiture de sport, ne sache même pas passer la marche arrière.

Mon rapport premier à la montagne a donc quelque chose d'archaïque, associant l'inconnu et la peur à une dimension maternelle : la montagne, pour un petit garçon vivant dans un pays plat, était le territoire qui me permettait de rejoindre ma mère et de passer du temps avec elle. Cette montagne, du reste, est aussi liée au pays où je me rendais, la Suisse, et à tout ce qu'il peut représenter. Ma mère avait été très choquée un jour, parce qu'elle avait trouvé une contravention qui lui avait été adressée à la suite d'une dénonciation – les Suisses avaient alors la réputation de passer leur temps à surveiller leurs voisins. Elle avait semble-t-il doublé quelqu'un dans une côte, à la suite de quoi la personne avait relevé son numéro et l'avait dénoncée à la police ! Cela se passait peu de temps après la guerre. Or mon grand-père maternel avait été déporté deux ans à Buchenwald à cause d'une dénonciation (il aidait des résistants à franchir la ligne de démarcation). La délation rappelait des souvenirs tragiques à ma mère et elle me l'a fait prendre en horreur.

Les montagnes suisses incarnaient l'exact contraire du pays où vous avez grandi : le Berry…

Je suis né à Bourges et j'ai vécu jusqu'à l'âge de dix ans dans le Cher, pays le plus plat qu'on puisse imaginer (si l'on excepte la Beauce ou les polders) ! Cette région revendique sa platitude, dans la mesure où les reliefs se trouvent dans le ciel et non sur terre. Il y a là-bas une espèce d'omniprésence du ciel et des nuages, qui accompagnent la vie quotidienne quasiment comme des massifs montagneux. Je me souviens que mon père, très attaché à cette région dont il n'était pourtant pas originaire, aimait se promener en voiture, le dimanche, le coude sur la portière, pour le seul plaisir de regarder le ciel… Il est vrai qu'en Berry, c'est un spectacle en soi. Les ciels de la Champagne berrichonne, mouvants et éphémères, sont particulièrement propices à la rêverie, car rien ne fait obstacle à leur contemplation.

Disposer d'un relief permanent sur la terre est quelque chose de singulier. De ce point de vue, la montagne demeure un monde étranger pour moi, encore aujourd'hui. J'y ai pourtant passé de nombreuses années. J'ai acquis un chalet à Saint-Nicolas-de-Véroce en Haute-Savoie, où je réside plusieurs mois par an, mais ce n'est pas ma culture. Je m'y sens à la fois chez moi et loin de mes origines. Ce sentiment d'étonnement renouvelé, cette altérité profonde donnent un charme particulier à mes séjours là-bas. *A contrario*, quand je reviens dans le Berry, j'enfile mes vieilles bottes mentales et me sens immédiatement chez moi. J'éprouve le même sentiment de familiarité en Flandre ou dans le Pas-de-Calais, pays d'origine de mon père. Les pays plats et souvent brumeux sont mon écosystème naturel. Tandis que la montagne, que j'aime pourtant énormément, parce que j'en ai expérimenté enfant la dimension cataclysmique, n'est pas, et ne sera jamais *mon* pays.

Cette enfance en pays plat a-t-elle forgé en vous un rapport particulier à l'espace, aux couleurs et aux éléments ?

Il y a pour moi deux types d'enfance, *nomade* ou *proustienne*. La première concerne par exemple les enfants de diplomates, qui voyagent beaucoup et ont peu de repères fixes. La seconde, dans mon esprit, est plutôt immobile, liée à des endroits où il ne se passe rien. Cette absence totale d'agitation, de perspective humaine, suscite une présence très lourde des lieux, des éléments, du ciel, des couleurs, des sons… C'est quelque chose dont on s'imprègne, qui fait partie de soi. Or il ne se passait rien dans la maison de mes grands-parents, à Bourges, après la guerre. Je n'en sortais quasiment jamais. Tous les cercles concentriques de la vie, autour et au-delà de moi, s'agençaient dans la platitude, l'horizon étale. Quand, par extraordinaire, un petit copain m'invitait chez lui, dans la ferme de ses parents, je devais sillonner un paysage toujours totalement plat où les champs de blé et d'orge ondulaient jusqu'à l'horizon… Je connais bien les villages de ce secteur, dont celui de Bruère-Allichamps, sur la nationale, où est érigé le monument symbolisant le centre de la France. Mon père, que je n'ai rencontré qu'à l'âge adulte, habitait à côté de Levet, un petit bourg entouré de champs plats et fertiles. C'est dans un carré de cette terre généreuse qu'il repose désormais.

L'importance du ciel, dans le Berry, m'a rendu sensible à certaines formes de peinture, comme celle de l'école hollandaise du XVIIe siècle. Cette peinture aux tons atténués, tout en nuances, me rappelle la région de mon enfance où les couleurs sont toujours un peu rabattues, estompées. Même par beau temps, il flotte une espèce de brume dans cette région : au sud, dans ce bocage vaguement vallonné qu'on appelle le Boischaut, ou au nord, dans cette « terre pauvre pour gens riches » (à cause de son abondant gibier) qui a pour nom la Sologne. On y voit des tons plutôt doux, un peu cassés, de verts et des marrons, des couleurs de terre et de bois. Le bleu des étangs, quant à lui, n'est jamais très intense, et dispose avec les nuages des harmoniques de bleus profonds et des reflets métalliques…

Les couleurs observées en montagne, *a contrario*, sont beaucoup plus intenses. Cette caractéristique m'a frappé depuis mon premier séjour en Suisse, à l'âge de neuf ans. Je me souviens encore des alpages fleuris que nous traversions, du blanc éclatant des sommets enneigés, des ciels bleu de Prusse, de la corolle jaune des fleurs, du violet des doigts de la madone. J'aime contempler ces panoramas d'altitude, mais leur traduction picturale m'intéresse moins. Je les trouve trop crus, trop vifs. Il leur manque la trouble vibration des étangs entourés de roseaux et des sous-bois au sol tapissé de bruyères mauves. La montagne offre indéniablement une grande variété de paysages, reste que le spectacle, bien qu'éblouissant, y est trop cru à mes yeux, les lumières trop franches. Voilà pourquoi la montagne, de mon point de vue, devient plus intéressante sous les nuages, pendant un orage, ou quand se forme un arc-en-ciel. Le grand soleil s'estompe, le parfait ciel bleu s'enrichit d'une gamme de nuances, d'inquiétantes barbules virevoltent sous le ventre noir des orages.

Comment votre rapport à la montagne a-t-il évolué par la suite ?

Je suis venu vivre à Paris avec ma mère, en 1962, à l'âge de dix ans. Nous n'avions pas les moyens de partir en vacances. Grâce à un camarade de lycée issu d'une famille aisée (envers laquelle je suis encore très reconnaissant) j'ai découvert les sports d'hiver. Ils possédaient un chalet à Verbier, en Suisse, où ils m'ont emmené plusieurs années consécutives. Je dois dire que le ski ne m'a pas enthousiasmé. Je ne savais pas trop me débrouiller. Quand je vois aujourd'hui dans les brocantes ou les musées comment nous étions équipés, je comprends mes craintes. Je n'ai jamais trop aimé la glisse. Besoin de contrôle sans doute, naturel pour un enfant quasi orphelin qui ne pouvait compter que sur lui-même. Encore aujourd'hui, je ne suis pas un bon skieur : je tiens à peu près debout sur des planches, mais je manque d'assurance. Je fais parfois du ski de randonnée, mais sur des pentes faciles car je ne suis pas à l'aise dans les couloirs – jamais certain de m'arrêter à temps avant une crevasse.

J'ai découvert la montagne estivale à dix-neuf ans, lorsque j'étais étudiant en médecine (j'ai passé le bac en 1969). Les parents d'une amie, devenue ensuite professeure de médecine, possédaient un appartement à Tignes, où j'ai séjourné. Si cette jeune fille constituait alors ma préoccupation principale, nous avons tout de même fait un peu de randonnée dans la Vanoise… Un soir, nous sommes même restés dormir au refuge du col de la Vanoise-Félix Faure, au pied du glacier de la

Grande Casse (la face nord de la Grande Casse était une course assez prisée à cette époque). Des bruits nous ont réveillés en pleine nuit. Nous avons entendu des gens s'agiter, crier quelque chose… Ce mouvement était assorti d'un concert de cliquetis, de sons métalliques, comme si l'on cognait ou entrechoquait des pièces de métal. Les bruits se sont arrêtés. Je me suis rendormi. Deux ou trois heures plus tard, des voix m'ont éveillé. Les personnages dont nous avions entendu plus tôt les échanges étaient de retour. C'était une cordée d'alpinistes, deux hommes qui évoquaient leur échec et commentaient la course malheureuse dans laquelle ils s'étaient lancés. L'un d'eux avait dévissé, apparemment… La chute n'avait pas été trop grave. Je le suppose, sinon ils n'auraient pas été là pour la raconter. Ils avaient simplement échoué et ils revenaient.

« Dévisser ». J'entendais ce mot pour la première fois… Tout ça m'a paru mystérieux, excitant. Je me demandais ce qu'ils avaient fait, où ils étaient allés, ce qui avait pu se passer… J'ai compris en les voyant déballer leur matériel que les bruits métalliques que nous avions entendus correspondaient au comptage du matériel : ils farfouillaient dans leurs sacs, y triant dégaines, mousquetons et broches à glace. Ces outils sont la signature sonore de l'alpinisme, car il a ses bruits propres, ses objets, et aussi ses odeurs, qui ne m'étaient pas encore familiers.

Aussi naïf que cela puisse paraître, j'ai compris ce jour-là que la montagne était composée de différents univers, de plusieurs « étages », et que celui dans lequel j'évoluais avait des limites : au-delà d'un certain seuil, il fallait recourir à d'autres techniques, à un autre matériel pour se déplacer, surmonter les difficultés, voire survivre... Ce monde minéral de la haute altitude, surplombant les alpages où je me promenais, devait comporter d'autres dangers, mais aussi d'autres plaisirs... Personne ne m'avait parlé de ces différents mondes. Je n'avais aucune culture montagnarde. Quand je dis *aucune*, c'est que parfois on trouve dans les greniers un vieux piolet, une paire de crampons... Rien de tout cela en ce qui me concernait. Mon père, qui venait d'une région côtière, était passionné par les bateaux et les chevaux (il était vétérinaire). Du côté maternel, on aimait aussi les chevaux, mais surtout la chasse en Sologne.

Ma mère possédait un petit fusil quand elle était enfant, pour tirer les perdrix, les lapins et les lièvres… et elle suivait son père pour l'aider à débusquer le gibier. Jamais la montagne n'avait été évoquée autour de moi, sous quelque aspect que ce soit, pendant mon enfance. Ma mère, lorsqu'elle a travaillé en Suisse, n'a jamais mis les pieds en montagne. N'ayant donc aucune culture en la matière, il me fallait tout apprendre… La nuit au refuge du col de la Vanoise m'a révélé ce monde dont on ne m'avait encore jamais parlé.

La cordée présente cette nuit-là ne devait pas être très forte ; ce n'étaient sans doute pas de grands alpinistes – sans quoi ils se seraient préparés autrement, sans se vanter de leurs exploits ni réveiller tout le monde ! Cependant, pour un ignare comme moi, ils échangeaient des commentaires très avertis et utilisaient un jargon fascinant. J'étais persuadé qu'ils avaient affronté de grands périls, et que seule la fatalité les avait stoppés. Peu importe : ils étaient peut-être nuls, l'essentiel n'est pas là. Ils m'ont donné le goût de découvrir ce monde inconnu. Ils ont entrouvert une porte. J'aurais pu rester encore longtemps dans l'étage de montagne à vaches où j'évoluais, avec l'idée que la haute montagne est un monde inaccessible.

Beaucoup de gens ne font pas de différence entre escalade et randonnée, ils parlent de « la montagne ». Ils utilisent indistinctement « marcher » ou « grimper ». Il y a pourtant une vraie rupture entre les deux, un pas décisif à franchir.

Dans quelles circonstances avez-vous à votre tour exploré ce nouvel étage alpin ?

Pendant ce séjour à Tignes, j'ai fait une randonnée plus ambitieuse que d'ordinaire avec un groupe d'amis. Nous sommes partis du pont Saint-Charles, près du lac du Chevril, pour aller au Grand Paradis via le col de la Galise. Nous sommes tombés sur un névé assez raide qui empêchait de franchir le col. Pour le traverser, un de mes copains a sorti de son sac à dos un petit piolet et une corde avec lesquels il a bricolé une espèce d'assurage. Cela nous a tous tranquillisés et nous a permis de passer. Cet épisode m'a sensibilisé aux questions de sécurité et de technique : sans aller nécessairement sur une face nord, on pouvait vite avoir besoin d'un matériel spécifique et d'une formation… Il était donc utile d'apprendre les techniques de base de l'alpinisme, même si on pratiquait la randonnée. À l'automne 1975, je me suis inscrit à la section d'Île-de-France du Club alpin français. Je me souviens être allé au siège de l'association, rue La Boétie, pour une réunion préparatoire. Je devais partir l'été suivant à Ailefroide, mais je n'ai pas pu pour des raisons professionnelles (j'étais interne en médecine). J'ai finalement suivi mon premier stage en 1977, encadré par le guide Philippe Gabarrou. Nous étions basés au centre du Club alpin français au village du Tour, près de Chamonix. Le bâtiment était tout neuf à l'époque ; nous en étions manifestement les premiers occupants. La nuit, on entendait au-dessus de nous les craquements du glacier qui surplombe le village (il a beaucoup reculé depuis…). Le centre, assez massif, surdimensionné et plutôt laid, était l'objet de polémiques à l'époque car situé dans une zone à risque à cause des possibles chutes de séracs… Je n'étais pas très inquiet. La sérénité de la jeune gardienne m'avait rassuré… En tout cas, ce stage constituait une forme de respiration dans ma nouvelle vie (j'étais devenu père l'année précédente sans être vraiment préparé à assumer cette responsabilité). L'ambiance était incroyable : nous étions douze, uniquement des hommes ! Il y avait dans tout ça un petit côté stage « commando », façon Légion étrangère. Un des participants était d'ailleurs un ancien de l'Indochine, un randonneur fou qui adorait « en baver », faire des kilomètres et des kilomètres, enchaîner les cols, transpirer et qui tordait son maillot trempé le soir avec une satisfaction masochiste ! Même si des figures comme Patrick Edlinger et Patrick Berhault commençaient à inventer une forme de grimpe hédoniste, la plupart d'entre nous étions encore marqués par une vision disciplinaire de la montagne : il fallait souffrir ! La première de ces souffrances était causée par les grosses chaussures en cuir qui provoquaient des ampoules pour au moins trois saisons… En découvrant la grimpe moderne, au soleil et en short, chaussons légers aux pieds pendant ce stage, je me suis rendu compte que la randonnée pour la randonnée n'était pas pour moi : l'escalade me paraissait plus gracieuse et maintenant que l'on pouvait se faire plaisir en grimpant, j'avais très envie de suivre cette voie.

J'ai gardé un souvenir ému de ce premier stage. Les conditions météo n'étaient pourtant pas fameuses et les choses avaient mal commencé. Mes vieilles peurs ont resurgi pendant la nuit que nous avons passée au refuge du Lac blanc : un de mes voisins a hurlé après un cauchemar et la terreur primitive, associée à mes souvenirs d'enfance, est revenue immédiatement. Il y avait aussi de drôles de personnages parmi nous, des scènes parfois cocasses. Je me souviens que pendant les séances de ski (il avait neigé en abondance), l'un de nous avait beaucoup de mal. « Il faut au moins que tu saches faire des conversions ! » lui répétait le guide. « Les conversions : c'est mon métier », répondait le pauvre garçon en s'étalant dans la poudreuse. Personne ne comprenait ce qu'il voulait dire jusqu'à ce que l'on apprenne à la fin du séjour qu'il était curé… Les jours suivants, le mauvais temps continuant de s'abattre sur la Haute-Savoie, nous sommes tous descendus en Provence. Là, sous un beau soleil, nous avons découvert les falaises calcaires du Midi :

Dentelles de Montmirail, rocher Saint-Julien à Buis-les-Baronnies…

Vous semblez opposer deux conceptions de la montagne, l'une « disciplinaire », valorisant l'effort, la souffrance, l'autre « hédoniste », privilégiant plaisir et liberté. Comment votre propre conception de la montagne s'est-elle construite ?

J'ai commencé à pratiquer l'escalade au moment où la rupture s'opérait entre deux courants. D'un côté, l'alpinisme « lourd », qui utilisait quantité de matériels et transformait l'ascension d'une paroi en un véritable chantier qui résonnait de coups de marteau. Tous les moyens étaient bons, de la cornière en acier à l'échelle de corde, pour se hisser laborieusement vers le haut. D'un autre côté, dans le sillage des grimpeurs américains au Yosemite et en France de personnages comme Jean-Claude Droyer sur les falaises du Saussois, se développait une grimpe légère. Le matériel (corde, baudrier, points d'assurance) ne devait servir qu'à la sécurité et non à la progression. Le grand public a découvert cette escalade « libre [1] » à travers les films de

1. Style d'escalade consistant à progresser sur une paroi sans utiliser de matériel pour s'aider, et à

Patrick Edlinger et Jean-Paul Janssen, *Opéra vertical* (1982) et *La Vie au bout des doigts* (1983). Torse nu, en petit short, un bandeau autour des cheveux, les demi-dieux de l'escalade mettaient une grâce singulière dans chacun de leurs gestes. Ils effleuraient le rocher sans employer contre lui les instruments médiévaux de l'escalade artificielle. En les imitant (très modestement), nous avions le sentiment, assez exaltant pour des jeunes, de participer à un renouveau total et très rapide de l'alpinisme. Cette révolution s'inscrivait dans un mouvement global de progrès et de liberté qui touchait d'autres domaines comme la médecine et la science : Christiaan Barnard avait réussi la première greffe du cœur en 1967 en s'affranchissant des carcans universitaires et des Américains avaient marché sur la Lune en 1969, délivrés des contraintes de la pesanteur terrestre... Le monde de la montagne bougeait au même rythme : on était passé de la corde en chanvre à celle en nylon, du piton au spit, des

atteindre le sommet d'une voie d'escalade en utilisant uniquement les prises du rocher. La corde et les protections ne servent qu'à assurer le grimpeur en cas de chute, et garantissent donc la sécurité.

godillots aux chaussons à semelle de gomme… Certes, on organisait encore de grandes expéditions lourdes comme celle de l'Everest, en 1978, avec Jean Afanassieff, Nicolas Jaeger et Pierre Mazeaud, pour conquérir les sommets de l'Himalaya. On était encore assez proche de la devise du Club alpin français, lors de sa création en 1874 : « Pour la patrie, par la montagne ». L'alpinisme a eu longtemps une dimension militaire, nationale (pour ne pas dire nationaliste), et religieuse : on valorisait l'effort et la rédemption par la souffrance. Ce n'était pas les Bat'd'Af [1] mais il fallait tout de même en baver…

À l'époque où j'ai débuté, la montagne comportait encore toute une phraséologie de termes militaires, conquérants : on disait partir « à l'attaque », « à l'assaut », à « la conquête » du sommet. Un « bastion » rocheux se gravissait par son « point de faiblesse ». L'idée très martiale qu'une victoire pût apporter un profit politique n'avait pas

1. Bataillons d'infanterie légère d'Afrique (BILA), connus sous les surnoms de « Bat'd'Af » et de « Joyeux », qui regroupaient des militaires libérés de prison ou sanctionnés durant leur service.

disparu. L'alpinisme d'État servait à la conquête de territoires symboliques, comme lors de l'expédition à l'Annapurna conduite par Maurice Herzog en 1950 ou celle des Italiens au K2… La nouveauté était que cette approche martiale n'était plus la seule. Déjà, des personnages comme Gaston Rébuffat avaient popularisé l'idée d'un alpinisme dédié à l'amitié et au plaisir, cherchant « la difficulté, mais non pas le danger ». Et l'essor des sports d'hiver avait rendu le ski accessible, ludique, peu dangereux. L'escalade en falaise et en blocs, pratiquée naguère comme « école » en vue de hauts sommets, devenait une discipline à part entière.

J'ai été immédiatement attiré par cette vision hédoniste, mais sans toutefois aller jusqu'à l'adopter comme mode de vie. Je ne me suis pas installé dans le Verdon, Mecque de l'escalade libre où se côtoyaient les babas cool de l'époque ! Par la suite, l'escalade a évolué vers une activité esthétique (la danse-escalade) et surtout une activité urbaine (en salle) qui s'apparente à la gymnastique. L'escalade libre a créé assez rapidement un nouveau sport, qui a quitté la haute montagne pour se pratiquer aussi sur des falaises, comme celles de Provence, par exemple, ou du Yosemite en Californie, qui comporte de grandes parois granitiques. Je suis resté très modeste dans ma pratique, et ne me suis jamais projeté dans l'exploit – je ne fais pas de choses extraordinaires. Mais j'ai toujours tenu à pratiquer ce sport en milieu naturel (je ne suis pas très amateur des salles urbaines bruyantes et encombrées de gens).

L'escalade libre et les nouvelles techniques d'assurage ont transformé la grimpe elle-même. Auparavant, on utilisait les fissures, les cheminées, pour « renfougner », c'est-à-dire ramper verticalement, ramoner. Avec l'usage des spits (pitons à expansion vissés dans la roche), l'escalade de dalles lisses est désormais possible en toute sécurité. L'escalade devient plus extérieure, plus pure, plus aérienne. Le « sommet » perd de son intérêt. Ce que l'on recherche, c'est l'harmonie, la beauté du geste. La grimpe devient, selon l'expression de Stéphanie Bodet, un « yoga vertical ». Cela suppose aussi un rapport à la chute différent de celui qu'on m'a enseigné. Quand j'ai commencé, l'équipement des falaises était quand même assez douteux, et on ne lui faisait pas trop confiance. « Tu ne tombes pas ! » me criait Philippe Gabarrou depuis le relais, lorsqu'il me laissait partir en tête. De nos jours, pour progresser en escalade libre, la première chose qu'on vous enseigne, c'est de savoir tomber. On apprend à « voler ». Le matériel est suffisamment performant pour cela, les cordes de qualité, les points d'assurage fiables. Sans cet apprentissage de la chute, vous ne pouvez pas progresser très loin : tous les niveaux au-dessus de 6b [1], pratiquement, supposent de prendre le risque de voler… Aujourd'hui, quand on grimpe sur une falaise qui a été rééquipée et qu'on aperçoit, coincé dans des fissures, l'ancien matériel, les vieux pitons ou les coins de bois qui servaient autrefois pour s'assurer, on se dit qu'il fallait avoir le moral à l'époque !

Quelles ont été vos relations avec Philippe Gabarrou, figure (avec son frère Patrick) du monde de l'alpinisme ?

---

1. La cotation, en escalade, se compose d'un chiffre allant de 3 (le niveau débutant) à 9 (le plus haut niveau mondial) ; d'un degré intermédiaire désigné par une lettre (a, b et c) ; d'un signe + indiquant la

Nous avons beaucoup grimpé ensemble dans les années 1980, que ce soit dans le massif du Mont-Blanc, celui des Aiguilles rouges, en Vanoise ou encore dans les Dolomites. Philippe et moi avons noué une amitié très forte, alors que nous avons des tempéraments assez différents. C'est un rêveur, un contemplatif, ce qui n'est pas du tout mon cas. Il avait commencé des études de philosophie. Originaire de la région parisienne, il a été initié à la montagne avec son frère par des amis de ses parents. C'est fondamentalement un intellectuel. Il est très rigoureux en montagne, où il prend toujours les bonnes décisions et fait preuve d'une parfaite maîtrise technique, d'un grand sens de l'itinéraire, mais dès qu'il n'est plus en action, il rêve… Il est capable de contempler la montagne et d'y voir je ne sais quoi… Ce n'est pas un rationaliste. Chrétien de naissance, il a élargi sa spiritualité jusqu'à des choses étranges pour moi comme la numérologie, l'astrologie ! Je me souviens qu'à mon retour du Brésil, où j'ai été attaché culturel à Recife

---

présence d'une difficulté qui ne mérite pas de classer la voie au niveau supérieur.

dans le Nordeste, en 1995, j'ai organisé une petite exposition privée à la maison pour des peintres brésiliens. Philippe est tombé en arrêt devant une toile qui ne représentait rien à proprement parler : c'était une espèce de mélange de gris et de bleu, avec un tout petit peu de jaune. « C'est ça que je vois en montagne ! » a-t-il dit. Il s'agissait d'un paysage d'aube froide, avec des nuages, un petit bout de ciel bleu, une parcelle de montagne (du moins on pouvait le supposer). Il a acheté cette toile, pourtant chère pour son budget, parce qu'elle était pour lui l'incarnation de sa rêverie, de sa vision très poétique de la montagne que je n'ai jamais vraiment partagée. Je ne suis pas un rêveur contemplatif. Ce n'est pas ma nature profonde. Pour mettre en branle ma rêverie, il me faut un objectif précis, un but. J'aime bien dessiner, par exemple, et l'envie de réaliser tel ou tel dessin va m'obliger à me poser, à regarder mon sujet de manière approfondie.

Philippe Gabarrou a été très important pour moi : il m'a aidé à forger mon goût, mon approche de la montagne, il a été pour moi un passeur… Je pense d'ailleurs qu'on ne peut pas aborder la montagne sans y être initié : c'est un univers où la dimension de maître à disciple est importante – ce qui ne veut pas dire du tout qu'un lien de supériorité s'établisse. Il ne s'agit pas de domination. On transmet quelque chose à quelqu'un quand on lui fait découvrir la montagne. Certes, on lui apporte un certain nombre de connaissances, mais surtout on le fait entrer dans un monde nouveau. Cela s'apparente à une série d'épreuves ayant une dimension initiatique. Et comme toute initiation, celle-ci passe par le corps. Il faut endurer le froid, la fatigue et la faim, sentir l'itinéraire, percevoir le danger.

La figure du guide, telle que Frison-Roche l'a popularisée dans ses romans, a longtemps incarné ce maître qui vous initie à la montagne. Mais c'était encore dans une logique assez disciplinaire. Le guide commandait. Il fallait lui obéir. À l'époque où j'ai appris l'alpinisme, cette tradition était remise en question : on voulait casser le mythe du guide, le faire redescendre sur terre, établir une relation plus égalitaire relevant plutôt de la fraternité que d'une relation père/fils… J'ai tout de suite apprécié ce côté direct ; même si l'un savait et l'autre pas, il y avait une certaine égalité. La meilleure chose que Philippe Gabarrou ait faite (et dont je lui suis toujours reconnaissant), c'est de nous avoir appris à nous passer de guide, c'est-à-dire à grimper entre amis. À l'issue de ce premier stage, il nous a incités à acheter notre corde, notre baudrier, et à aller nous-mêmes en montagne… J'ai vu *a contrario* (et je vois encore) des guides qui agissent de telle sorte que leur client ne soit jamais autonome. Ils s'occupent de tout au relais, font les nœuds, reprennent le matériel. Est-ce l'habitude ou une forme de pouvoir sur le client, voire des motivations simplement économiques (ne pas laisser s'enfuir la clientèle) ?

Ça ne veut pas dire que les guides soient inutiles, bien entendu – on a besoin d'eux pour les courses au-dessus de son niveau –, mais il faut que cela reste un choix, pas une obligation… Cette problématique s'applique également à la mer, où l'on peut décider d'avoir recours à un skipper pour naviguer. En montagne comme ailleurs, la notion d'autonomie est capitale pour moi : apprendre à faire les choses par soi-même, aller dans des voies peut-être moins difficiles, mais par ses propres moyens… L'intérêt de l'alpinisme réside plutôt dans le fait de trouver l'itinéraire, l'attaque, de maîtriser la météo, le matériel, etc. Quand vous partez avec un guide, il fait ces choix à votre place… Or, cela me paraît important d'affronter soi-même les choses. L'itinéraire, par exemple, est compliqué : on regarde sur un topo, ça paraît simple, et arrivé au pied de la paroi, on ne reconnaît plus rien ! Une fois dans la voie on se demande si c'est à droite ou à gauche, on n'a plus de recul, tout se ressemble… On est perdu ! Je me souviens de mon équipée avec Sylvain Tesson, au cours de l'été 2019, à la dalle de la Rosière (massif des Aravis), dans la voie « L'écume des jours » (Sylvain et moi sommes particulièrement doués pour nous perdre !). La voie démarre en 5 sup. On s'est perdus et, étant en retard, on s'est un peu précipités. On s'est écartés de la voie et, si je m'étais obstiné, j'aurais pu faire une chute assez sérieuse… Malgré la part de risque, ce genre d'expérience est toujours intéressant, car c'est comme cela qu'on apprend. Si l'on dispose d'un guide qui vous amène au pied de la paroi et vous tracte tout du long, autant prendre le métro !

Votre goût pour l'action plutôt que la contemplation peut-il expliquer votre préférence pour l'alpinisme, l'escalade, plutôt que la randonnée ?

Sans doute. La randonnée, à mes yeux, n'offre pas une grande variété d'événements – en gros, on met un pied devant l'autre. La seule chose que l'on est fondé à apprendre en marchant, c'est regarder. Regarder où l'on marche et regarder où l'on est. Ça ne me suffit pas. Je n'ai sans doute pas une imagination suffisamment fertile, je ne suis pas assez rêveur, poète, pour peupler un monde inanimé. Je peux à la rigueur peupler cet espace de personnages, d'intrigues, ce que j'ai beaucoup fait pendant mon enfance, dans cette espèce de vide dans lequel je vivais dans le Berry de l'après-guerre. Je lisais beaucoup de livres d'histoire à cette époque, j'imaginais les scènes, les champs, les personnages (ce que je suis toujours capable de faire), mais ce n'est pas de la contemplation. C'est de l'imagination. On peut aussi bien y parvenir entre les quatre murs d'une chambre.

Ce tempérament se retrouve d'ailleurs dans mes goûts littéraires, que ce soit dans la pratique de la lecture ou de l'écriture. J'ai peu de goût pour les écrivains lyriques, dont les romans déroulent de longues descriptions oniriques, entrelacent passé et présent, explorent des temps immémoriaux. Cette espèce de rêverie développée autour du réel, une rêverie quasiment désincarnée, me laisse insensible. Je lis peu ce genre de livre où je m'ennuie vite. Je préfère les auteurs plus narratifs comme Alexandre Dumas, un de mes écrivains fétiches, qui créent des personnages, des situations, et qui utilisent (ce qui est mon cas) le matériau qui leur a été donné par l'expérience, reprennent des paysages dans lesquels ils se sont retrouvés en situation, mais les transforment, les déplacent, les recréent. Quand j'ai écrit mon premier roman, *L'Abyssin*, qui se déroule en Éthiopie, je n'ai pas eu le temps de retourner dans ce pays où j'avais séjourné dans les années 1980 pour des missions humanitaires avec Médecins sans frontières et Action contre la faim. J'ai procédé par transposition. Pour décrire les reliefs de basalte éthiopiens, j'ai gardé en mémoire les formations volcaniques de la vallée de Chaudefour en Auvergne… J'utilise ces matériaux qui viennent du fond de ma mémoire. Ils sont là ; ils flottent. Ils reprennent vie lorsqu'ils sont convoqués pour servir de décor à une action humaine, pour entrer en résonance avec des personnages, une action. Ils n'existent pas comme un motif en soi, car j'ai besoin de personnages, il n'y a que cela qui m'intéresse : la dimension humaine. Tout le reste lui est subordonné.

Est-ce ce souci de l'humain qui vous a conduit à devenir médecin ? Dans votre livre autobiographique Un léopard sur le garrot [1], *vous évoquez la place déterminante de ce métier. « La médecine est la vie, ma vie, toute la vie », dites-vous…*

J'ai longtemps été médecin, notamment dans les Hôpitaux de Paris. Les gens ont parfois tendance à l'oublier et croient que je pratiquais une médecine d'opérette dans un décor de carton-pâte… Pourtant, j'ai bel et bien passé des années à arpenter les couloirs de la Salpêtrière et de l'hôpital Saint-Antoine près de la Bastille.

La décision d'étudier la médecine est venue pour moi en deux temps. Elle est d'abord liée à la figure de ce grand-père, médecin à la retraite, qui m'a élevé. Bourges, ma ville natale, était après la guerre triste et presque déserte. Ayant très peu de contacts avec l'extérieur, j'avais une vision pratiquement inexistante et biaisée de la vie sociale. La seule

1. Gallimard, 2009, coll. « Folio ».

profession que je connaissais était celle du seul homme de la famille que j'avais sous les yeux : la médecine de mon grand-père. Il exerçait toujours un peu, bien qu'il approchât les quatre-vingts ans (ses patients l'aimaient beaucoup). Je me souviens encore du bruit de la sonnette, de ces silhouettes voûtées qui franchissaient le portail et passaient comme des ombres jusqu'à la salle d'attente. J'avais ce métier sous les yeux, il faisait partie intégrante de mon enfance (je jouais fréquemment avec de vieux instruments de médecine).

La figure de mon grand-père a beaucoup compté dans mes engagements, ainsi que dans ma volonté de liberté, plus par le symbole, d'ailleurs, que par lui-même : il ne m'a pratiquement pas adressé la parole. Quand j'y pense aujourd'hui, il me semble vertigineux d'avoir côtoyé quelqu'un qui avait passé deux années de sa vie dans un camp de concentration, à Buchenwald, et qui avait survécu ! On l'avait arrêté en 1943. Il était passé par la prison de Bourges avant d'être interné à Compiègne puis déporté en Allemagne. Il est revenu en 1945, très affaibli, avec les convois des camps... Il devait peser 35 kilos quand il est parvenu à l'hôtel Lutetia !

Il m'a fallu un long détour avant de m'engager à mon tour en médecine, à sa suite. Vivre à Paris avec ma mère m'a permis d'être davantage en contact avec la vie contemporaine, et j'ai pensé un temps à d'autres métiers comme architecte ou diplomate (profession à laquelle je suis quand même parvenu beaucoup plus tard, à ma façon...). Puis Mai 68 est arrivé. J'étais en classe de première quand les événements ont éclaté. Je me suis retrouvé dans Paris, ne comprenant rien, montant sur les barricades, allant passer la nuit dehors, etc. Ma mère était folle d'inquiétude quand je rentrais au petit matin... Je voyais des gens qui se tapaient dessus, déployaient des banderoles, jetaient des pavés. Trop jeune et dénué de culture politique, je n'en saisissais pas les enjeux. Pour autant, j'étais fasciné par cette espèce de bouillonnement, que je trouvais très excitant. J'ai passé le bac l'année suivante et il a bien fallu se décider, choisir une filière. Je me suis dit « médecine », après tout. La discipline, depuis cette première greffe du cœur réalisée par Christiaan Barnard, avait redoré son blason. Je ne sais pas si elle était devenue à la mode, mais en tout cas ça n'était plus la médecine de mon grand-père, avec ses vieux instruments en caoutchouc… Barnard avait fait la une de *Paris Match* à l'époque. C'était un personnage extraordinaire, haut en couleur, un peu voyou, aventurier, un play-boy qui voyageait dans le monde entier avec les plus jolies filles et possédait des voitures de course… D'origine sud-africaine, il avait été formé par Norman Edward Shumway, le pionnier américain de la greffe du cœur. Celui-ci n'avait pas pu pratiquer cette opération aux États-Unis sur un être humain car elle aurait été considérée comme une mutilation volontaire. Barnard n'avait pas ces contraintes : il a donc réalisé cette première en Afrique du Sud (il avait le sens du symbole, car il a greffé un peu plus tard le cœur d'un homme noir sur un blanc, à moins que ce ne soit l'inverse, je ne me souviens plus…).

J'ai donc choisi la médecine. Pour me donner l'impression de rejoindre Barnard, j'ai effectué mon premier stage en chirurgie cardiaque dans le service du professeur Christian Cabrol, qui avait réalisé en avril 1968 la première greffe du cœur en France. C'était une époque pionnière où sont apparues quelques-unes des plus grandes innovations du XXe siècle. C'est ainsi que quelques années plus tard, interne en neurologie à la Salpêtrière, j'ai vu fonctionner un des tout premiers scanners cérébraux. Jusque-là, on utilisait des techniques barbares comme l'encéphalographie gazeuse. Cela consistait, avant de faire les radiographies, à enlever le maximum de liquide cérébro-spinal pour le remplacer par une quantité équivalente d'air (le contraste gazeux permettait de voir les tumeurs éventuelles). On faisait tourner les gens sur des espèces de fauteuils dotés de bras articulés qui évoquaient la locomotive de Gabin dans *La Bête humaine*… C'était l'horreur ! Mais cela permettait tout de même d'obtenir des images, précieuses en neuroradiologie.

Ces médecines très techniques, modernes, que ce soit en chirurgie cardiaque ou en neurologie, étaient excitantes à suivre d'une certaine façon, mais elles ne correspondaient pas au type de vie que je voulais mener. Ça ne me disait rien de m'inscrire là-dedans, de devenir hyperspécialiste, de voir toute ma vie les mêmes pathologies et d'exécuter les mêmes gestes. Je voulais rester dans une pratique de la médecine plus ouverte, et surtout plus humaine. Cette dimension est devenue une évidence lors de mon séjour en Tunisie en

1976 en tant que coopérant, car le service militaire existait encore. On m'avait affecté par erreur à la maternité de Sousse, une ville portuaire située au sud de Tunis, dans l'est du pays. Il y avait très peu de matériel dans ce service où l'ambiance était dure : certains matins, lorsque j'arrivais, je trouvais des femmes mortes d'hémorragie dans leur lit. Personne ne les avait surveillées ! On devait parfois installer les accouchées deux par deux dans des lits à une place. Nous manquions de tout là-bas, notamment de gants et d'anesthésiques (nous avions utilisé en septembre la dotation pour l'année). On pratiquait quasiment une médecine de guerre ! Pour autant, ce fut une expérience fondamentale pour moi. C'était mon premier voyage hors d'Europe et je découvrais une autre culture, une autre civilisation, une autre langue. Cela m'a passionné et, je crois, incité à me remettre en cause. J'étais sur des rails, jusque-là, et j'aurais pu faire carrière comme professeur de médecine, même si je ne disposais d'aucun appui (c'était très tendu au niveau démographique à cette époque). J'ai abandonné ce pour quoi j'étais programmé et fait une sortie de route : plus que la technique, les dimensions humaine, sociale et politique de la médecine m'importaient avant tout. J'ai rejoint Médecins sans frontières peu après et effectué ma première mission humanitaire en Éthiopie. J'ai vécu alors d'expédients, ne faisant pas toujours ce qui me plaisait, devant parfois accomplir des boulots alimentaires, mais j'ai quitté ce destin. Et je ne m'en plains pas, aujourd'hui : certains de mes amis médecins, à présent à la retraite, s'ennuient. J'ai une vie plus palpitante. J'ai surtout le sentiment d'avoir préservé ma liberté.

Avec le recul, la médecine m'apparaît comme le choix fondamental – tous les autres peuvent relever du hasard, de rencontres, pas celui-ci. Ce métier vous place dans une position particulière. Médecin, ce n'est pas flic ou juge : quelqu'un va mal, vous n'êtes pas là pour lui demander ses papiers, l'expulser ou le mettre en prison ! Vous êtes là pour le comprendre et essayer de l'aider à vivre.

Par ailleurs, la médecine apporte beaucoup dans l'écriture romanesque, car elle donne un accès privilégié à la vie. On peut observer la diversité des êtres et des milieux ; on entre partout et, surtout, on assiste à la souffrance, à la mort. La question de la finitude est essentielle, puisque la vraie maladie est avant tout la confrontation à la mort. Peu de gens, finalement, ont accès à ces situations. La plupart des métiers se situent davantage du côté des choses que des êtres. Le médecin possède une expérience hors du commun et, pour peu qu'il ait la fibre littéraire, il peut la convertir dans ses livres.

Vous évoquiez tout à l'heure votre préférence pour l'escalade en milieu naturel et votre besoin du contact avec la roche : la dimension sensuelle de la montagne est-elle importante pour vous ?

J'y suis très sensible. Je ne cherche pas à hiérarchiser ou à opposer les sensations de l'escalade sur structure artificielle avec celles du rocher : elles peuvent être complémentaires. Pour autant, il me semble que la gamme des plaisirs tactiles du rocher est plus riche, plus étendue et, surtout, plus intense que celles de prises en résine, dénuées de goût, où la seule variation réside dans la couleur… On découvre le goût de la roche dès sa première course en montagne, c'est immédiat. Cela fait partie du cœur de l'activité, des plaisirs sans cesse renouvelés qu'elle procure. Le calcaire, par exemple, comporte des cannelures, des trous, des gouttières, des ruissellements, des arêtes vives, etc. Le gneiss, quant à lui (comme toutes les roches métamorphiques), est parsemé de lichens qui tracent sur la roche des signes mystérieux. Il offre au grimpeur une adhérence tout à fait particulière. Les schistes, de leur côté, fonctionnent comme des toits d'ardoise : selon que vous vous trouvez dans un sens ou dans l'autre de la pente (c'est le cas au Cervin, par exemple), cela peut être extrêmement glissant, ou donner au contraire des prises très franches… Enfin, évidemment, il y a le granit, avec ses grosses fissures athlétiques, mais où se pratique aujourd'hui une escalade très fine sur de plus petits reliefs cristallins… Ces roches n'ont rien à voir les unes avec les autres et évoluent de manière très différente : l'usure n'y est pas du tout la même… Le granit, par exemple, est peu affecté par les passages successifs des grimpeurs : on grimpe depuis plus d'un siècle aux Gaillands à Chamonix sans que cela porte trop à conséquence… *A contrario*, les falaises de calcaire, dès lors qu'elles sont un peu fréquentées, se patinent…

Tout cela donne le goût de l'escalade, et ce goût est en grande partie constitutif du plaisir que l'activité me procure, bien plus que la difficulté technique – je plafonne assez vite en termes de difficulté. Au cours de l'été 2019, j'ai grimpé la voie « Poème à Lou », sous le Brévent, avec mon ami Olivier. Ç'a été une très belle expérience car le rocher y est fabuleux. La même escalade, transposée sur structure artificielle, avec une cotation strictement équivalente de 6b, perdrait à mes yeux tout intérêt. On pourrait s'y entraîner, mais ça deviendrait un exercice gymnique et non un voyage vertical !

Ce rapport charnel, concret, avec la roche, est primordial pour moi, surtout s'il se combine avec le cadre, la vue, la recherche de l'itinéraire, le compagnonnage de la personne qui se trouve avec vous, les éventuelles rencontres en refuge. Je suis originaire d'une lignée d'employés mais surtout d'artisans, c'est-à-dire de gens qui travaillaient avec leurs mains, et j'ai ça en moi : je suis un manuel, j'ai besoin de me servir de mes mains. Quand j'achète par exemple des vieux livres, je les restaure moi-même, j'adore les tripoter… Le cuir des reliures est aussi de la peau… J'ai acheté une édition de Guez de Balzac, le premier titulaire de mon fauteuil à l'Académie. Elle était en très mauvais état : je l'ai complètement dépiautée, rouverte, j'ai refait les tranchefiles moi-même. Aujourd'hui, c'est un très bel exemplaire. J'adore ça ! J'aime aussi dessiner, parce que c'est manuel. J'aime toucher les choses. Ce rapport sensuel avec le monde rejoint d'ailleurs ma conception de la médecine, mon besoin d'être en contact avec le corps du patient, de palper sa peau, de poser le stéthoscope sur son thorax… On peut comparer la peau humaine avec la roche dans une certaine mesure : la montagne a une peau – le rocher. C'est une sorte de tégument que le grimpeur aborde avec une caresse ; il doit aussi utiliser les facilités, les difficultés de la roche, savoir les trouver, apprendre à les lire et à les comprendre. Il y a un rapport commun à la sémiologie médicale dans ces deux disciplines. Les deux exigent, à leur façon, d'interpréter des signes…

Ces signes peuvent se brouiller si la météo change brusquement : la pluie et le mauvais temps modifient l'aspect de la roche, son adhérence…

La montagne a un côté ambivalent… Selon l'heure, selon la lumière et la température, et bien entendu selon les conditions météo, qui peuvent évoluer très vite, elle offre un tout autre visage, une face plus hostile. Elle redevient cette bête qui m'a terrorisé enfant. Sous le soleil, un granit fauve comme celui qu'on trouve dans les faces sud de la Combe maudite, au Mont-Blanc du Tacul, est sensuel, chaleureux. On s'y sent bien, on a un peu l'impression d'être un lézard. Mais que le vent tourne, que les nuages fassent leur apparition et les mêmes pierres prennent un aspect lugubre. Elles évoquent la matière sombre des tombes ou des calvaires de Bretagne.

L'escalade sur rocher, en montagne, est d'une extraordinaire richesse ; elle s'inscrit, il me semble, dans une histoire humaine plus large, celle de notre rapport à la pierre, dont on peut faire de splendides monuments, des obélisques et des arcs de triomphe, mais aussi des sépultures ou des mausolées… La roche nous place devant quelque chose de brut. Michel-Ange disait que « toutes les statues sont dans le marbre, il suffit de les en faire sortir… » C'est une définition du génie, mais c'est aussi *a contrario* une définition de la matière, qui offre tout et place l'être humain devant tous les possibles… Malheureusement – ou heureusement, je ne sais pas –, la montagne peut faire que ces possibles soient très proches les uns des autres… À un quart d'heure près, vous vous trouvez dans un type de récit ou dans un autre : un chapitre de bonheur, de fusion avec les éléments, ou un drame, un moment de tension, d'angoisse… L'imaginaire, en montagne, fonctionne à plein ; les fantasmes et les peurs prennent appui sur la matière, rocher, glace ou neige, pour vous apporter du plaisir ou de la terreur.

Si la montagne est un milieu ambivalent, ses adeptes le sont tout autant. Il m'est fréquemment arrivé de vouloir tout arrêter, surtout au début. Très souvent, je sortais de course en disant : « Plus jamais ça ! Je vais faire de la pétanque, me mettre au bridge, au badminton, à je ne sais quoi… de tranquille. » Et puis j'y revenais. J'ai emmené récemment une amie aux aiguilles d'Entrèves pour sa première course. Cette traversée en est assez facile, mais impressionnante (c'est une course très aérienne). Elle est sortie de là en disant : « Jamais plus ! » et, trois jours après, elle était à nouveau en montagne. Finalement, cette réaction est classique, presque normale, cela fait partie de l'activité... Je n'éprouve plus ce genre de sentiment aujourd'hui. Cela fait trop longtemps que je pratique pour remettre radicalement les choses en question. Par contre, le souci de la météo est constant : il m'arrive souvent, si ce n'est chaque fois, de démarrer une course tranquillement et de devoir la finir au pas de charge, en cravachant, vu l'évolution du temps, en me disant : « Il faut que je sorte de là ! » Les débutants ont rarement conscience de ces enjeux. Ils ont le sentiment que le danger se situe à chaque mouvement, à chaque pas, lorsqu'ils vont remuer un pied, déplacer une main, alors qu'ils ne risquent rien – ils sont en second, assurés. Ces hésitations peuvent faire perdre beaucoup de temps à la cordée et exposer au véritable danger : les nuages qui s'amassent à l'horizon et arrivent droit sur la paroi... Le débutant est souvent centré sur le geste, le détail, des microévolutions, et ne perçoit pas l'ensemble. Alors que quand on conduit la cordée, on voit tout de suite ce qui se trouve autour ; on sait que les vrais périls ne résident pas dans le bobo qu'on peut se faire en s'égratignant sur la roche, mais dans la colère des éléments contre laquelle on sera impuissant…

Avez-vous un massif de prédilection ?

J'ai la chance d'habiter à proximité de plusieurs massifs comme le Mont-Blanc, les Aiguilles rouges, les Fiz et les Aravis. J'ai une tendresse particulière pour cette région de Haute-Savoie. En général, le rapport que j'entretiens avec un massif est lié à sa roche : elle détermine l'aspect et la texture de ses parois, bien entendu, mais aussi la nature des paysages et, dans une certaine mesure, sa personnalité. Ma vision rejoint celle de la géographie universelle introduite par Paul Vidal de La Blache, qui établissait une sorte de continuum entre la nature du sol, les paysages, les hommes et les cultures, et donc les mentalités et jusqu'aux costumes des paysannes… Tout cela est un peu dépassé aujourd'hui, parce que la géographie est devenue plus complexe, mais en matière d'alpinisme la démarche reste assez pertinente.

Comme tous les massifs calcaires, qui s'érodent assez vite, les Aravis comportent des reliefs finalement assez atténués, peu élevés. On y trouve des falaises, des parois, mais l'ensemble est quand même doux, avec des monastères comme celui du Reposoir, et d'immenses alpages au relief moelleux. On y aperçoit beaucoup de bétail dont on entend constamment les cloches (même si l'été leur bruit est couvert par les motos qui transitent par le col des Aravis ou celui de la Colombière). J'aime beaucoup y grimper parce que le calcaire – contrairement au granit qui se fracture en aiguilles – produit un univers de grimpe assez débonnaire, où la roche ne fait jamais peur. Même si le relief y est parfois raide, il a toujours quelque chose d'un peu caressant : le calcaire n'est jamais hostile, il est blanc, doux au toucher, ne blesse pas. De surcroît, le massif des Aravis est très vert (il comporte des terres de ruissellement avec beaucoup d'eau) ; il a quelque chose de paisible.

Quel rapport entretenez-vous au sommet ? L'idée de boucler quelque chose, de parvenir au terme d'un périple, est-elle importante pour vous ?

Aujourd'hui, les purs grimpeurs mettent beaucoup l'accent sur la gestuelle : le parcours, dans leur esprit, le cheminement, est plus important que le sommet. Dans cette vision, chaque geste, chaque instant, que l'on essaie de vivre pleinement, compte davantage que l'arrivée au terme de la voie. Je ne partage pas tout à fait ce point de vue. J'aime l'idée – et c'est une des raisons pour lesquelles je pratique la montagne – d'arriver quelque part, et par mes propres moyens (mon niveau, je le répète, étant assez modeste). Ce besoin de parvenir à un sommet n'est pas lié à la volonté de conquête, mais plutôt à une notion d'orientation : on va quelque part et on arrive quelque part, il y a un début et une fin. Le chemin est orienté. On se trouve d'abord à l'attaque de la voie, on s'équipe, puis on parvient au sommet. Cette démarche traduit en montagne quelque chose qui est de l'ordre de la vie, avec un début et une fin. Chaque fois que j'emmène des débutants, je m'efforce de les guider dans des endroits où se trouvent des sommets. Certaines voies, notamment dans les Aravis, le long du pic de Jallouvre par exemple, sont belles, intéressantes, mais ne mènent nulle part : on se trouve soudainement au dernier relais, avec des cailloux autour de soi, et il faut redescendre… Je trouve ça extrêmement frustrant, ça nuit à l'esthétique de la journée. J'aime arriver « quelque part »…

Cette idée d'un début et d'une fin, d'une nécessaire complétude, d'une histoire qui s'accomplit totalement et boucle la boucle, rejoint sans doute ma conception littéraire plutôt narrative, mon besoin d'une intrigue. Certains auteurs comme Le Clézio permettent une lecture erratique, quasi asynchrone. Vous pouvez lire une page, n'importe laquelle, et choisir au hasard un passage : il vous nourrira toujours et constituera l'amorce d'une réflexion, d'une méditation, de quelque chose qui a commencé bien avant et finira bien après. Les écrivains de narration dont je fais partie, au sein desquels je range Alexandre Dumas, Georges Simenon et, plus près de nous, John le Carré ou encore William Boyd, ne permettent pas ce genre de chose : on ne peut pas arriver n'importe où dans leurs livres, qui commencent et finissent quelque part, qui vous conduisent à un point précis…

Cette démarche est en résonance parfaite avec ma conception de l'alpinisme, ma façon d'aborder la montagne. Encore une fois, ce point d'arrivée ne m'apporte aucune satisfaction égocentrique, aucune victoire revenant à planter un drapeau, à laisser une trace. Les sommets du massif des Dolomites, où j'aime beaucoup me rendre, comportent souvent une petite boîte étanche comprenant un cahier et un stylo destinés à noter son nom, la date, et à inscrire un commentaire. On y trouve aussi des tampons permettant de compléter son carnet de courses et de prouver qu'on a bien atteint tel ou tel sommet. Cette démarche est un produit dérivé de l'idée de conquête, sauf que la « première » a été réalisée il y a bien longtemps : la personne qui inscrit son nom passe après des dizaines de milliers d'autres ! Je suis heureux d'arriver au sommet, mais je n'ai jamais ressenti le besoin d'y laisser une trace, d'apporter une preuve quelconque de mon passage sur une montagne. Tendre vers le sommet, c'est pour moi comme emmener un lecteur vers la résolution d'une intrigue. C'est un moyen de donner plus de vivacité à sa lecture, plus d'impatience, et de lui apporter plus de plaisir.

Êtes-vous sensible à la beauté de la montagne ?

La dimension esthétique de ce milieu est importante pour moi, je l'apprécie, mais décidément je ne suis pas un contemplatif… Le plaisir esthétique que j'éprouve en montagne est indissociable de ce que je vais y faire. La contemplation, chez moi, est liée à l'action en cours ou à venir. Il me faut un but précis : peindre, dessiner, marcher, rencontrer quelqu'un… Outre la montagne, je peux apprécier les charmes d'autres décors, que ce soit mon Berry natal avec ses montagnes de nuages, ou encore l'océan. Je trouve la mer magnifique, mais elle m'effraie toujours, ce qui n'est pas le cas de la montagne (sauf bien entendu dans des circonstances exceptionnelles, si par exemple un orage très violent survient). J'éprouve désormais une sorte de confiance dans la montagne, dont je suis très familier ; il m'est pourtant déjà arrivé de m'y perdre, de tomber, de me blesser, mais ça n'a pas provoqué cette espèce de panique que je peux ressentir sur un bateau quand quelque chose ne va pas. J'ai vite l'impression que je vais finir avec les poissons ! Dès que je me trouve sur l'eau – entendons-nous : pas sur le bassin d'Arcachon ! –, j'ai peur. Les grands bateaux ne me posent pas trop de problèmes, mais les petits voiliers m'effraient ; j'y suis toujours méfiant. Je vois la mer comme un milieu instable avec des manières traîtresses ; la montagne, *a contrario*, oppose une hostilité franche, affiche sa violence et sa dureté, sa rudesse. La mer a pour moi un petit côté ondoyant, imprévisible, traître en somme. Surtout, je l'avoue, c'est un milieu que je connais mal et pour lequel je n'ai pas été formé. La mer, comme la montagne, est un milieu vivant auquel il faut être initié. On y entre grâce à une sorte de parrainage.

Si le bateau, malgré la peur qu'il m'inspire, m'intéresse, j'ai une aversion totale pour la plage : c'est une incarnation de l'enfer pour moi, une personnification du ramollissement sur tous les plans ! La plage donne l'impression d'être à l'arrivée, alors que la montagne procure le sentiment d'être au départ, c'est-à-dire à l'endroit d'où tout est parti. Les petits grains de sable qui constituent la plage sont le résultat de l'érosion, de l'usure du temps : ils étaient autrefois des rochers, perchés quelque part... Il y a en montagne quelque chose de naissant, le témoignage d'un surgissement, un souvenir de la jeunesse de la Terre.

Je préfère être dans ce moment primordial, plein d'énergie, plutôt qu'au moment de l'émiettement, de l'effondrement final. Assister à une avalanche de pierres, voir s'écrouler un pan de montagne à cause du réchauffement climatique, est pour moi une sorte de deuil. Lorsque j'ai survolé en hélicoptère le massif du Mont-Blanc, au cours de l'été 2019, pour écrire un article destiné à *Paris Match* [1], j'ai aperçu le Trident du Tacul où j'avais grimpé avec mon fils cinq ans auparavant. La voie Lépiney, que nous avions gravie, était en bas, sous forme d'un tas de pierres qui se retrouveraient un jour sur… une plage. Je vois cette érosion en montagne comme une métaphore de notre destin tragique.

La répulsion que le sable de la plage suscite en moi renvoie bien sûr à mon besoin d'action, mais aussi à ma répugnance de voir la nature se déliter. Je fais partie de ces gens – sans doute à cause de la médecine – qui ne sont heureux que quand les choses vont bien et qui essaient d'améliorer la vie. Je déteste détruire, je déteste ce qui se casse, s'abîme.

1. « Mont-Blanc : la mort lente », n° 3667, 23 août 2019, p. 38.

J'aime essayer de réparer, de redonner aux choses leur forme… Cela va du tableau accroché de travers que je redresse en passant, même dans un lieu inconnu, jusqu'à une véritable indignation devant le spectacle de quelqu'un qui se détruit, par l'alcool ou la drogue par exemple. En médecine, quand un malade va mieux, je ressens une joie profonde, sincère, existentielle. C'est ce qui me sépare irrémédiablement du juge qui condamne, du policier qui fait respecter la loi, du militaire qui envoie ses troupes au sacrifice. Chacun d'eux est utile et je ne conteste pas la nécessité de leur action. Je dis seulement qu'à l'âge où l'esprit se forme, j'ai appris autre chose : à comprendre, à assister, à pardonner. La position du médecin le place du côté des êtres humains, de leurs souffrances et de leurs faiblesses. Dans le même esprit, je dirai pour conclure sur ce point que voir la montagne se détruire sous mes yeux me rend profondément triste.

La dimension humaine, que vous placez au cœur de la médecine et de l'écriture, est-elle aussi importante pour vous en montagne ? L'amitié a-t-elle un sens particulier dans ce milieu ?

L'alpinisme est un sport individuel qui se pratique au moins à deux… Quand on grimpe, on est vraiment seul dans l'acte de grimper, et en même temps il faut qu'il y ait quelqu'un d'autre, parce qu'on doit s'assurer. C'est très différent de la randonnée, activité qui peut se pratiquer de manière totalement autonome, individuelle ou en groupe, et lors de laquelle il est possible de parler en permanence, tout en marchant. La progression pendant la grimpe est solitaire : on a quitté le relais et il faut se débrouiller par soi-même. Votre compagnon de cordée peut bien sûr vous crier quelque chose d'en bas, vous donner des indications, des conseils, mais c'est très vite lassant, et on essaie autant que possible de ne pas beugler. Plus on avance dans l'ascension, plus on se retrouve au cœur de l'action, en pleine longueur, et moins on parle (on ne s'entend pas bien, de toute façon, et les paroles se perdent, emportées par le vent). Une sorte d'évidence s'installe : on est seul face à la roche, face à soi-même, jusqu'à ce qu'on parvienne au relais. Alors, on crie « Vaché ! », c'est-à-dire assuré, et les mots ne servent plus à rien.

Il y a pour moi plusieurs types de cordées. Certains duos de grimpeurs sont l'émanation dans la vie d'une relation d'amitié, voire d'amour (même si les couples qui grimpent ensemble ont des destins parfois compliqués : ça ne se termine pas toujours bien). Ces cordées d'amis me plaisent beaucoup : après l'avoir pratiqué pendant des années avec Philippe Gabarrou, je m'y adonne aujourd'hui avec Sylvain Tesson, Ludovic Escande ou encore Stéphanie Bodet et Arnaud Petit, son mari. Mais il y a aussi des cordées constituées de gens que rien ne rapproche sauf la montagne. Je ne dirais pas que ces cordées sont « artificielles », mais tout de même, on se retrouve en montagne, on partage une expérience forte et ensuite chacun part de son côté. Cela peut très bien fonctionner sur le plan technique, mécanique, mais on a parfois l'impression d'une cohabitation un peu forcée, comme à l'époque soviétique dans les appartements communautaires, à devoir habiter avec des gens qu'on ne peut pas forcément supporter... Même dans les configurations les plus réussies, il me semble qu'il manque quelque chose : être avec quelqu'un uniquement pour qu'il vous tienne la corde est limité, à mes yeux. L'amitié, le véritable compagnonnage de cordée ajoute une dimension à l'alpinisme.

Ces amitiés sont d'ailleurs renforcées par la pratique de la haute montagne, qui crée des liens immédiats, développe une vision commune du monde. Il s'instaure entre les grimpeurs ce que j'appelle *une intimité du vertical* : la verticalité est une dimension dans laquelle on ne peut s'introduire qu'en maîtrisant un certain nombre de techniques, en ayant vécu tout un tas d'expériences… Il y a au fond une sorte de prix à payer, une porte à pousser ; du coup, on se retrouve avec des gens ayant fait le même chemin pour y arriver, qui partagent les mêmes impressions. Cette présence du vide est un élément primordial. J'ai longuement échangé sur ce sujet avec le physicien Étienne Klein, auteur d'un essai sur le vide [1], dans lequel il explore toutes les dimensions, physique, philosophique, poétique et montagnarde. Il existe indéniablement une définition « alpinistique » du vide. En tout cas, le vide est une *matière* pour l'alpiniste. Source de beaucoup de peurs, d'appréhensions et d'*a priori* pour les non-pratiquants, le

1. *Ce qui est sans être tout à fait*, Actes Sud, 2019.

grimpeur éprouve du plaisir à y évoluer. Il me semble que plus la paroi est verticale, plus il y a de vide autour des grimpeurs et plus ils communient dans une autre dimension…

J'ai éprouvé cette communion du vide lors de l'ascension de la voie « Poème à Lou » dont je parlais tout à l'heure. Nous étions seuls sur la paroi. Dans une voie juste à côté grimpaient deux Polonaises. Lorsque les voies, qui sont assez raides, sont devenues voisines, toutes proches, nous avons commencé à discuter ; on était tout de suite ensemble, c'était une sorte de compagnonnage… Cette proximité du vide rapproche beaucoup : sur du plat, en se trouvant à la même distance, on ne se serait peut-être pas adressé la parole… Le vide donne d'ailleurs des enjeux à de toutes petites choses : prendre à droite plutôt qu'à gauche, se décaler légèrement peut tout changer – d'un côté ça passe, de l'autre on va se trouver dans la galère. C'est l'aventure à un mètre près. On ne trouve cela qu'en alpinisme… L'écrivain et alpiniste Olivier Bleys a très bien analysé ce sentiment dans son livre sur la micro-aventure : *Les Aventures de poche* [1].

1. Éditions Hugo Doc, 2018.

Vous avez réalisé durant l'été 2013 l'ascension du mont Blanc avec l'alpiniste Daniel Du Lac, Sylvain Tesson et l'éditeur Ludovic Escande. Dans le film qui relate cette aventure [1], *depuis sa préparation dans votre chalet jusqu'à l'arrivée au sommet, on perçoit une grande complicité entre les membres du groupe, une simplicité des rapports humains. La montagne est-elle un milieu qui permet d'aller à l'essentiel, d'ôter les faux-semblants ?*

Mon chalet de Saint-Nicolas-de-Véroce est un lieu de rassemblement, surtout l'été, où je reçois les amis avec lesquels je fais de la montagne comme Stéphanie Bodet et Sylvain Tesson. Je connais Sylvain depuis très longtemps. J'ai travaillé autrefois avec sa mère Marie-Claude dans la presse médicale, et avec son père au *Quotidien de Paris*. En termes d'âge, je me situe exactement entre ses parents et lui. J'ai connu Sylvain quand il a publié ses premiers livres avec Alexandre Poussin [2]. J'ai toujours trouvé qu'il y avait chez lui une dimension littéraire qui n'était

1. *Un mont Blanc en quête d'auteurs*, Christophe Raylat, 2013.

2. *On a roulé sur la terre*, Robert Laffont, 1996.

pas assez mise en avant. Je l'ai présenté à Antoine Gallimard et il a rejoint la NRF avec *Les Forêts de Sibérie*. Nous avons développé un lien d'amitié au long cours, un peu particulier, car nous sommes de deux générations différentes : ce n'est pas un copinage, je suis plutôt son grand frère. J'essaie de lui faire entendre la voix de la raison… C'est une relation faite de beaucoup de respect, d'un peu de distance et de pas mal d'expériences verticales. Autour de nous gravitent d'autres personnes, des relations féminines… assez variées.

Outre Sylvain, j'ai de nombreux amis avec lesquels je pratique la montagne. J'ai partagé pendant plusieurs années la vie d'une anesthésiste, médecin, passionnée de montagne. Nous avons fait ensemble de nombreux voyages, notamment au sultanat d'Oman. Elle m'a assisté lorsque j'ai fait là-bas une chute assez mauvaise en escalade. Il y a des situations où il n'est pas inutile de grimper avec une réanimatrice… Je fais en permanence de nouvelles rencontres, soit avec des gens expérimentés, soit parfois avec des débutants et je les emmène en montagne pour la première fois, comme cela a été le cas au mont Blanc avec Ludovic Escande l'été 2013. Ludovic, éditeur chez Gallimard, a publié le récit de cette ascension [1]. Il y a exprimé ses souffrances, mais il est tout de même revenu grimper avec nous depuis… Cependant mes amitiés montagnardes ne concernent pas nécessairement des écrivains ou des personnalités du monde des lettres. J'ai reçu au cours de l'été 2019 une longue lettre, drôle et très bien tournée, d'un lecteur passionné, qui me demandait si nous pouvions nous rencontrer. Nous n'avions, disait-il, aucun point commun, sinon qu'il était grimpeur. Il est plus fort que moi et m'a proposé de m'emmener dans une belle voie du Brévent ouverte par François Pallandre et nommée « Poème à Lou ». Je l'ai accueilli pendant une semaine et nous sommes allés grimper ensemble cette belle voie qui honore Apollinaire. Nous avons passé des moments formidables et Olivier est devenu un ami.

Le goût pour la montagne, le fait que l'on fasse la même chose, abolit toute distance, que l'on soit écrivain, lecteur, éditeur ou n'importe quoi d'autre… Outre cette intimité

1. *L'Ascension du mont Blanc*, Allary Éditions 2017 ; Pocket, 2018.

du vertical dont je parlais tout à l'heure, ce qui rapproche beaucoup en montagne est ce que j'appellerais *le culte du peu*. L'escalade est une activité qui demande relativement peu d'équipement, de moyens. Elle n'est pas du tout sous le feu des médias, à la différence de ces bateaux de course qui coûtent des fortunes et dont toutes les télévisions viennent filmer le départ... Contrairement aux joueurs de football ou de basket, les grimpeurs professionnels de très haut niveau, vivent avec peu ; ils ne sont pratiquement pas soutenus par les pouvoirs publics et les sponsors sont rares. La montagne est un milieu où l'argent intervient beaucoup moins que dans de très nombreux autres sports. Ajouté au côté égalisateur que produit le vide, cela contribue à former une sorte de petite communauté qui vit sur elle-même. J'ai retrouvé ce sentiment de désintéressement et de dépouillement parmi les pèlerins sur le chemin de Compostelle. J'aime ces ambiances fraternelles et frugales et, *a contrario*, je déteste le snobisme, les milieux où l'argent est une valeur dominante. Malgré leur beauté, je fuis comme la peste les endroits comme Megève, Saint-Barth ou l'île de Ré, en tout cas aux périodes d'affluence… J'aime au contraire me trouver dans des lieux où personne n'a tellement envie d'aller, qui ne coûtent pas cher, où l'on mange peu (l'escalade est un sport où le poids a une grande importance ; chaque kilo compte quand il faut le hisser sur une paroi). Bien sûr, on boit quand même (et beaucoup) dans les milieux de la montagne. Vie sportive ne veut pas forcément dire vie monacale : le vœu de chasteté n'est pas non plus obligatoire.

Au passage, je dirais que l'idée du « peu », le fait d'aller à l'essentiel, est aussi importante dans ma pratique de l'écriture. J'essaie, comme le faisait Simenon, de tendre vers l'efficacité, avec une économie de moyens. Je ne cherche pas du tout, certainement au préjudice de la postérité, à élaborer une littérature expérimentale propre à révolutionner le roman, la littérature…

Une de vos nouvelles, « Le refuge Del Pietro [1] *», évoque un refuge des Dolomites. Que représentent pour vous ces bâtiments d'altitude,*

1. In *Sept histoires qui reviennent de loin*, Gallimard, 2012, coll. « Folio ».

qui sont aussi des lieux de sociabilité et de partage en montagne ?

J'ai beaucoup fréquenté les refuges. Ils constituent en effet une sorte d'extension de la vie sociale en montagne, milieu où l'on évolue seul, la plupart du temps – les montagnards sont plutôt solitaires, individualistes. Lieu de rencontre et de convivialité, le refuge permet de croiser des gens qu'on ne verrait pas autrement… Je trouve que les refuges reflètent la civilisation qui les a produits : un refuge français n'est pas un refuge italien. Les refuges des Dolomites, par exemple (où se situe la nouvelle que vous citez), sont très beaux et dégagent une forme d'élégance, d'hédonisme : la cuisine y est soignée, on n'y mange pas n'importe quoi. Par ailleurs, malgré l'effort accompli pour y accéder, l'alpiniste italien soigne sa mise, se recoiffe avant d'entrer (en France, on s'ébourifferait plutôt avant de passer la porte du refuge !). Les refuges suisses sont aussi à l'aune de la culture locale : quand vous arrivez dans une cabane du Valais, même si elle n'est pas gardée, tout sera impeccable. Il y aura du bois dans la cheminée et vous n'aurez qu'à gratter une allumette pour le feu. Autre exemple encore : la Russie… J'ai dormi au « Refuge des 11 », situé à 4 130 mètres d'altitude, sur la face sud-est de l'Elbrouz. Ce bâtiment, qui a brûlé en 1998, était monumental, excessif, avec des lustres en bois dans les chambres ! J'ai vu aussi en Russie postsoviétique des refuges qui étaient des endroits de totale sauvagerie où des étudiants venaient passer plusieurs mois : ils étaient installés là avec leurs guitares et vivaient en marge de la société, dans une espèce de monde parallèle perché en altitude… Outre ces aspects de confort et de savoir-vivre, certains bâtiments, en montagne, ont une histoire intime. C'est le cas du refuge Monzino dans le massif du Mont-Blanc. Il a été conçu et financé par une famille de riches industriels de Turin dont le fils, un jeune alpiniste, s'est tué en montagne. Bâti en hommage à leur fils Franco, doté de tout le confort de l'époque, le refuge a été offert en 1965 à la Société des guides de Courmayeur. C'est un lieu particulièrement émouvant, le témoignage d'amour déchirant de parents inconsolables…

Une montagne humaine

Au cours du printemps 2011, vous avez suivi le chemin de Compostelle par le Camino del Norte. Cette randonnée de 900 kilomètres, qui relie en trente-deux étapes Hendaye à Saint-Jacques, a dû trancher avec votre pratique habituelle de la montagne, votre besoin d'action… Comment vous êtes-vous accommodé de la lenteur d'une telle entreprise, dont vous dites qu'elle constitue « une alchimie du temps sur l'âme » ?

Cette marche oblige en effet à la lenteur. Le rythme auquel on progresse est celui, monotone, du pas. Lenteur ne veut cependant pas dire paresse : on est quand même assez actif dans ce genre d'entreprise. Dans la mesure où l'on ne revient pas au même endroit, où l'on transporte toutes ses affaires sur son dos, on est occupé chaque jour par de nombreuses tâches pratiques : trouver à boire, à manger, dénicher les balises qui indiquent la direction à suivre, chercher un hébergement (ou un lieu pour monter sa tente). Certaines personnes règlent toutes ces questions en amont et réservent leurs auberges, organisent chaque détail du périple. Ce n'était pas mon cas. J'ai donc parcouru ce chemin d'une façon assez improvisée et pas de manière purement contemplative. À ma façon, d'ailleurs, j'ai transformé la contemplation en action, introduit une forme de mouvement, de vélocité dans ce rapport particulier à l'espace… J'ai fait des dessins, pris des photos, établi des repères. Dès le départ, ce nouveau rapport à l'espace m'a fasciné. Je me souviens de mon passage par le Jaizkibel, une montagne située au sud d'Hendaye, sur le chemin de San Sebastián. La ville était un point que je devinais à l'horizon. Je trouvais presque incroyable de me dire que j'allais atteindre à pied ces lointains brumeux que j'apercevais au ras des nuages, que je parviendrais à m'en approcher pas après pas. Les moyens de transport modernes ont fait disparaître ce genre de situation, assez courante par le passé : voyager en ayant constamment devant les yeux sa destination finale, éprouver la sensation de l'espace et de son rapport au temps…

Au fond, je suis peu sensible aux beautés naturelles : je ne peux pas passer ma journée à contempler des chutes d'eau, si jolies soient-elles… Il en va de même pour mon rapport à la musique : il faut que les choses se présentent dans une forme d'action et de vitesse. Concernant la musique, j'adore être surpris, pousser la porte d'une église, dans un village, et découvrir quelqu'un qui joue de l'orgue. Tout d'un coup surgit une émotion extraordinaire car elle est inattendue, imprévue : c'est l'irruption d'une harmonie dans un endroit où on ne l'attend pas.

On me dit parfois que je suis dans l'agitation, sans cesse entre deux projets, deux voyages – ce qui est vrai, du reste ! –, mais le mouvement n'est pas synonyme de distraction ou de superficialité. Les personnes contemplatives pensent que ce côté vibrionnant serait préjudiciable à l'intériorité. Ce point de vue est assez contestable d'après moi : des pensées peuvent émerger dans le mouvement, comme des particules ou des fréquences qui seraient seulement produites à partir d'une certaine vitesse et deviendraient ainsi audibles, visibles… La lenteur n'est dotée d'aucune vertu particulière à mes yeux ; je ne l'associe pas forcément à la profondeur spirituelle ou à la sagesse. Sans être systématique, la vitesse est présente dans pas mal de domaines de ma vie : je mange vite, par exemple, comme si quelqu'un allait me voler le contenu de mon assiette ! Je ne fais pas tout vite, je vous rassure… mais j'aime l'idée d'être en action, car elle est synonyme d'éveil, de présence au monde. C'est la raison pour laquelle je préfère l'escalade à la randonnée. J'ai l'impression que la marche, par sa répétition constante des mêmes gestes, suscite une forme d'hypnose. L'escalade et l'alpinisme, *a contrario*, même quand on se trouve au relais, comportent une forte dose d'imprévu : votre compagnon de cordée peut dévisser, une chute de pierre peut se produire… Il faut donc rester vigilant, en éveil. Cette vision de l'existence, dont je ne peux me départir, a tendance à agacer autour de moi. On m'a souvent dit que je devrais me mettre au yoga ou à la méditation. Je trouve curieux ce besoin qu'ont les « calmes » de chercher à convertir les « agités » – l'inverse n'étant pas vrai. Les contemplatifs ont souvent une vision assez péjorative de « l'agité », alors que les deux conceptions peuvent se rejoindre : Bouddha signifie… « l'éveillé ».

Immortelle randonnée [1], *le livre que vous avez tiré de ce périple, a remporté un immense succès. Comment l'avez-vous vécu ?*

C'est un livre que j'ai écrit en quelques jours, au fil de la plume, sans me soucier de rien… Son succès a été incroyable et il continue d'ailleurs avec les années : je reçois encore des courriers. Ce récit m'a permis d'élargir considérablement mon lectorat (beaucoup de lecteurs de mes romans me disent avoir commencé à me lire avec *Immortelle randonnée*). J'ai débattu de Compostelle dans les endroits les plus bizarres, les plus inattendus – notamment en Chine. Le succès de ce livre, bien que très agréable à vivre, a été pour moi un peu agaçant, et même frustrant : contrairement au roman qui représente un travail plus complexe, implique une plus grande prise de risque et la construction d'un univers de fiction, *Immortelle randonnée* n'était que le récit d'événements vécus, racontés de la manière la plus fidèle possible. À quoi bon s'échiner à inventer, à créer des mondes, des intrigues et des personnages ? De nos jours, malheureusement, les histoires « vraies » sont bien plus

1. Éditions Guérin, 2013.

valorisées que les fictions ; le public aime les témoignages, les choses vécues. C'est parfois un peu décourageant pour un romancier...

Sur le terrain, *Immortelle randonnée* est apparemment toujours très présent : beaucoup de gens font le pèlerinage avec ce bouquin dans leur sac ! C'est un viatique assez contrasté, du reste : certaines personnes aiment et d'autres détestent... Si vous voulez vous fâcher, le soir, dans une auberge, il paraît qu'il suffit d'évoquer mon livre... Certains disent : « C'est nul, il nous a trahis, insultés ! », d'autres rétorquent : « Mais non, au contraire, il a donné une image fidèle du Chemin et nous y sommes venus à cause de lui. » C'est fou le clivage énorme que ce livre suscite ! En dehors de ce milieu, les gens ont accepté le livre tel qu'il est ; chez les pèlerins, en revanche, certaines personnes se sont senties profondément mises en cause dans leur démarche – souvent des gens ayant des motivations religieuses, qui ont trouvé mon approche trop laïque, ce qui est vrai, mais elle n'est en aucune façon antireligieuse. On m'a parfois écrit pour me dire que je n'avais rien compris, que ce qui comptait à Compostelle était avant tout d'y aller pour trouver le

Christ. Je me suis fait le porte-parole de tous ceux qui se lancent sur ce Chemin sans savoir ce qu'ils cherchent.

Dix ans plus tard, quels enseignements tirez-vous de cette randonnée au long cours ? A-t-elle changé quelque chose dans votre vie ?

Avec le recul, je pense que le chemin de Compostelle a rempli sa fonction en ce qui me concerne (qui n'est pas forcément comparable à la façon dont le lecteur reçoit le livre). Cette aventure est étroitement liée à une époque : mon retour du Sénégal, en juin 2010, où j'avais été ambassadeur pendant trois ans. La fin de cette ambassade voulait dire la fin de toutes les facilités, et d'ailleurs aussi de toutes les difficultés qui vont avec... Compostelle m'a permis de tourner la page, de revenir à une forme de vie plus simple, « normale », dépouillée, d'« atterrir », en somme. Cette marche représentait un peu le sas que je devais emprunter entre deux vies : je ne voulais pas vivre cette fin de mission comme une privation. Cela pouvait être le cas puisque, quand on a eu trois cuisiniers, deux chauffeurs, cinq femmes de chambre, etc., le risque est grand de se sentir dépouillé en redevenant un simple citoyen… Emprunter ce chemin était donc le moyen de faire du dépouillement non pas une privation, mais une richesse – tant qu'à être dépouillé, autant l'être totalement et comprendre que c'est une bonne chose, synonyme de liberté, de bonheur. De ce point de vue, le pèlerinage a été très utile.

Mais ce périple a aussi été un jalon intime et familial important. J'avais cinquante-neuf ans quand je me suis engagé sur ce parcours, exactement l'âge de mon grand-père quand il s'est retrouvé en camp de concentration à Buchenwald. J'y pensais beaucoup et cela a enclenché une sorte d'identification. Cette épreuve volontaire – en rien comparable avec l'expérience des camps, il va de soi ! –, que je m'imposais au même stade de la vie, m'a permis de mieux comprendre quel homme il pouvait être quand il a dû affronter cette horreur. Quand on a quarante ans, on se dit parfois qu'on ne sera plus bon à rien parvenu à la soixantaine. Et puis les années passent, on arrive à l'échéance fatidique, on se dit qu'on va continuer, finalement… Sur le chemin de Compostelle, j'ai eu plusieurs fois l'impression d'être comme un bagnard, commis à marcher comme d'autres le sont à casser des cailloux, mais je n'avais pas les SS sur le dos ! Je n'aurais sans doute pas résisté aussi bien que mon grand-père à l'épreuve des camps : c'était un petit homme sec, mieux armé que moi pour ce type de situation (même s'il a attrapé le typhus et frôlé la mort). Ces trente-deux jours de marche m'ont donc permis d'entrevoir pourquoi et comment il avait survécu.

La montagne est particulièrement affectée par le réchauffement climatique. Votre passion pour ce milieu, où vous vivez une partie de l'année, a-t-elle développé votre sensibilité à l'écologie et à ses grandes problématiques ?

L'écologie n'est pas à proprement parler le combat de ma génération. De par ma formation de médecin, je me suis plus investi dans les combats humanitaires qu'écologiques. Évidemment, le fait de me trouver en montagne plusieurs mois par an me place en quelque sorte aux premières loges : les conséquences du réchauffement climatique, dans le massif du Mont-Blanc notamment, prennent un aspect visuel saisissant qui se mesure presque à l'œil nu ! On assiste en direct à la fonte des glaciers, à toute une série d'éboulements ; on voit dévaler l'été des torrents blancs chargés d'eau de fonte, dans des proportions qui, de toute évidence, ne sont pas normales... La pollution des vallées alpines, elle aussi, est palpable : je peux observer de chez moi le couvercle marron-gris qui coiffe la vallée de l'Arve en contrebas, particulièrement les jours de beau temps en hiver. Ce nuage, qui flotte comme une espèce de lac toxique, provient des voitures et des poids lourds qui traversent le tunnel du Mont-Blanc, mais aussi d'un gigantesque incinérateur à ordures, des feux de cheminée et des poêles à bois.

Mais la montagne n'est hélas pas le seul témoin des dommages causés à la planète et à l'être humain. Ma région natale, le Berry, est aussi très affectée : un ami d'enfance, qui avait choisi de rester là-bas et était devenu agriculteur céréalier, est mort très jeune d'un cancer lié à l'utilisation massive de pesticides dans sa profession. Par ailleurs, certains signaux environnementaux, en montagne, ne sont pas interprétés à mon sens comme ils devraient l'être... Je pense notamment à la progression des forêts, que les citadins envisagent comme un phénomène positif, alors qu'elle renvoie pour moi à l'abandon de la moyenne montagne, à la disparition des paysans, au remplacement des alpages par les bois… Ces forêts de sapins que les touristes aiment tant ne sont pas de vraies et belles forêts, mais plutôt une sorte de chiendent anarchique et plein de maladies. Elles poussent sur les décombres d'une vie agricole qui rendait la montagne beaucoup plus claire, harmonieuse.

Pour s'en rendre compte, il suffit de se déplacer vers des endroits où la montagne est encore entretenue, vivante. Je vais marcher et grimper régulièrement sur le plateau des Glières. Je suis toujours frappé sur ce plateau par la beauté d'une montagne extrêmement claire, entretenue, avec des alpages intacts et de vraies forêts. J'ai le sentiment d'avoir devant moi un espace de grâce et d'équilibre entre l'espèce humaine et la nature – une sorte d'harmonie entre les pâturages, les vaches, le bétail, les fermes. Je ne suis pas, comme certains écologistes radicaux, un nostalgique d'une Nature vierge, sauvage.

L'écologie pour moi ne peut être qu'un humanisme. Je ne peux concevoir la Nature sans l'être humain et ce que je souhaite, c'est une harmonie entre les deux. Ce point d'équilibre entre l'humanité et la montagne a été rompu. Doublement rompu. D'abord en haute montagne où l'activité humaine provoque la fonte des glaciers, l'écroulement des parois, puis en moyenne montagne à cause de la crise agricole. Dans d'autres pays comme la Suisse, les montagnes sont restées beaucoup plus claires, car les paysans sont payés pour les entretenir. Ils sont des producteurs, mais aussi des paysagistes, des protecteurs des espaces naturels. La France n'a eu aucune politique volontariste sur ce sujet.

L'idée d'une montagne travaillée, façonnée par la main de l'homme, est importante pour vous ?

La moyenne montagne a toujours été pour moi une montagne humaine supposant une présence, une vie. Les résidences secondaires ne remplaceront jamais une activité agricole : ce sont des « lits froids [1] », comme on dit en

1. Logements rarement occupés par leurs propriétaires, qui ne sont pas proposés à la location ou,

jargon touristique. Les chalets et les fermes sont refaits, entretenus, mais ils sont vides l'essentiel de l'année et les terrains sont de plus en plus abandonnés… Ou alors on y plante des espèces achetées en jardinerie, venues de contrées éloignées et qui paraissent tout étonnées de se retrouver là. Il y a soixante ans, autour de chez moi, à Saint-Nicolas-de-Véroce en Haute-Savoie, tout le coteau était formé de prés, d'alpages créés et entretenus depuis le Moyen Âge. On avait affaire à une montagne véritablement travaillée, humaine… Un demi-siècle plus tard, ces trésors écologiques et agricoles sont remplacés par des « vernes », une forêt minable constituée d'arbres de n'importe quelles essences ayant poussé n'importe comment, dans n'importe quel sens, apportant humidité et obscurité et qui meurent d'étouffement et de maladies parasitaires… C'est un abandon, en réalité. J'observe ce paradoxe à l'œil nu, en regardant le coteau d'en face, au-dessus du hameau du Champel. On distingue des petits

---

quand ils le sont, ne trouvent pas de locataires : en d'autres termes ce sont des appartements vides.

points : le toit de maisons désormais secondaires, entourées parfois d'un petit carré de verdure. Tout cela est noyé dans la masse noire des bois. Cela correspond pour moi à une désertification paradoxale, provoquée non pas avec du sable, mais avec des sapins noirs – le processus est tristement identique.

Ce phénomène s'accompagne d'un rapport parfois délirant à l'égard de la nature. Lors de mon arrivée, il y a près de vingt ans, j'ai fait couper un certain nombre de sapins qui entouraient mon chalet. Le cadastre n'étant pas très clair, j'ai abattu par erreur quelques sapins sur le terrain de mes voisins, des Parisiens. Ils m'ont demandé des indemnités monstrueuses – qu'ils n'ont d'ailleurs pas obtenues, l'expertise ayant prouvé que ces arbres n'avaient aucune valeur – car ils considéraient ces sapins comme… sacrés. Les urbains ont tendance parfois à sanctifier l'arbre. Dans certains pays européens comme l'Allemagne, il faut une autorisation pour couper un arbre. Cette sacralisation est totalement ridicule : l'arbre n'a de sens que s'il s'intègre dans un écosystème. S'il s'agit de sapins poussant n'importe comment, qui vont vous tomber dessus à la première tempête ou brûler en cas de sécheresse, c'est absurde. Les forêts s'entretiennent, et les alpages encore plus. Cette sanctuarisation mal comprise, faite de travers, revient pour moi à sanctifier un abandon. Que l'on sacralise les alpages – je les considère pratiquement comme des monuments historiques –, qui ont été créés, entretenus au fil des siècles à l'aide de défrichages, de dessouchages compliqués, à une époque où il n'y avait pas de machines, je le conçois… Qu'on en fasse de même avec de véritables forêts, entretenues, plantées ou pas, bien sûr. Mais qu'on agisse de cette façon avec des espèces de maquis apparaissant sur les décombres de la civilisation alpine est pour moi un contresens, le résultat aberrant et dangereux d'une vision idéologique de la protection (supposée) de l'environnement.

Votre roman Le Parfum d'Adam [1] *alertait sur les dérives latentes de certaines formes d'écologie radicales : vous y évoquiez des écologistes extrémistes qui, pour protéger l'écosystème planétaire menacé par l'activité humaine, décidaient de*

1. Flammarion, 2007, et Gallimard, 2008, coll. « Folio ».

lutter contre la surpopulation en menant des actions de bioterrorisme, en utilisant une souche du choléra...

Je me suis toujours intéressé, en tant que citoyen et romancier, aux dérives radicales du « Bien » : toutes les idéologies du Bien, politiques, écologiques, humanitaires, peuvent dévier vers le totalitarisme et le meurtre. On ne comprend pas les phénomènes totalitaires si on ne voit pas qu'ils procèdent toujours d'une volonté de faire le Bien. La « pureté dangereuse » d'un Saint-Just est d'abord une révolte contre certaines injustices et elle finit par en produire d'autres. Des millions de gens se sont retrouvés sous la guillotine ou dans des camps à cause d'idéologies *a priori* bienveillantes. L'écologie n'est pas exempte de ces risques de dérive.

Dans *Le Parfum d'Adam,* j'ai exploré le courant de l'« écologie profonde » (« *deep ecology* »), qui a été illustrée entre autres par le philosophe norvégien Arne Næss en 1973. Il défend la valeur intrinsèque des êtres vivants et de la nature, indépendamment de leur utilité pour les êtres humains. Cette mouvance, mieux connue dans le monde anglo-saxon qu'en Europe, considère l'humanité comme étant partie intégrante de l'écosystème planétaire et prône une décroissance des impacts négatifs des activités humaines dans la biosphère. Certains adeptes de cette philosophie (dont le fondateur, je le précise, adepte de Gandhi, se voulait pacifiste) prônent notamment un redéploiement de la vie sauvage et une diminution substantielle de la population humaine.

Ces idées sont séduisantes et peuvent paraître inoffensives. Elles ont souvent été exprimées par des personnages débonnaires, généreux, au-dessus de tout soupçon, comme naguère le commandant Cousteau. Il jugeait que l'humanité était trop nombreuse et que la Terre se serait mieux portée avec quelques centaines de millions d'habitants. D'accord ! Mais que fait-on des autres [1] ? Dans mon roman, je pousse le raisonnement dans ses ultimes retranchements, et le moyen employé

---

1. Sans que je l'accuse pour autant d'être totalitaire, Yves Paccalet, ancien second du commandant Cousteau sur la *Calypso*, a des mots inquiétants lorsqu'il intitule un de ses livres : *L'Humanité disparaîtra, bon débarras !*

pour réduire la présence humaine et ses activités devient le génocide par le moyen d'une pandémie (j'étais en avance). C'est une utopie, certes, mais elle illustre la dangerosité des idéologies du Bien quand elles deviennent extrémistes, aveugles et ne s'accompagnent pas d'un respect de l'être humain.

Le Bien, hélas, peut toujours se dévoyer. Il ne suffit pas d'avoir la conviction d'être dans le vrai : les guerres justes peuvent être des guerres tragiques, les idéologies du Bien peuvent aussi dériver vers la radicalité. L'écologie, quand elle devient antihumaniste, se retrouve dans des voisinages dangereux. Les nazis par exemple étaient très attachés à l'écologie, comme le relève Luc Ferry dans *Le Nouvel Ordre écologique* [1] (ouvrage dans lequel il procède à une recension philosophique des différentes approches de l'écologie). Hitler et Goebbels (entre autres) étaient végétariens, et les nazis, grands protecteurs des animaux, avaient fondé les premiers parcs naturels protégés… Plus près de nous, on retrouve ces paradoxes dans l'esprit des créateurs du

1. Grasset, 1992.

régime de l'apartheid sud-africain, grand protecteur lui aussi des espèces animales, ce qui allait très bien avec leur vision du monde : ils considéraient les Noirs africains comme on considère des bêtes, parqués dans des réserves, bantoustans et *townships*…

Avec *Le Parfum d'Adam*, je voulais simplement attirer l'attention sur de possibles dérives, rien de plus. Je ne suis en aucune manière opposé à l'écologie, étant convaincu qu'une politique écologique est indispensable – à condition qu'il s'agisse d'une écologie humaniste. Quels que soient les reproches que l'on peut adresser à l'humanité, il faut en respecter la dignité. On dira aujourd'hui que je suis spéciste. Je l'assume. Pour moi, la défense de l'environnement passe par le respect des êtres humains. Considérer notre espèce comme une parmi les autres et appliquer à l'humanité une « régulation » comme sur les populations de gibier est la porte ouverte à des crimes d'une ampleur égale, voire supérieure, aux grands génocides de l'Histoire.

Encore une fois, en matière d'écologie comme dans tous les autres domaines de votre vie, la dimension humaine est primordiale à vos yeux…

J'ai toujours défendu l'idée – qui n'avait pas forcément besoin de l'être auparavant, mais le devient aujourd'hui – qu'on ne peut pas protéger la nature contre l'être humain, que l'on doit agir pour et avec lui. Le mouvement vegan, par exemple, m'inquiète par sa radicalité. Le refus idéologique de toute exploitation animale est finalement une sorte de négation de ce qui a constitué pendant longtemps l'équilibre entre l'homme et la nature, c'est-à-dire l'élevage, ces vaches qu'on voit paître et dont les paysans sont fiers, dont ils s'occupent bien et qu'ils savent nourrir. Ces bêtes magnifiques sont le fruit d'une sorte de symbiose entre l'homme et la nature. Certes, les élevages industriels, les abattoirs indignes, l'utilisation des fourrures au préjudice d'espèces en danger, tout cela est condamnable et ceux qui luttent contre ces horreurs sont dignes d'éloges. Cependant, vouloir rejeter toute utilisation de l'animal, y compris pour le lait par exemple, reviendrait à faire de la nature un désert et à rompre cet équilibre. Nous nous trouvons, il me semble, à un carrefour, l'activité humaine étant de plus en plus mise en cause dans les phénomènes actuels. Il y a deux façons de l'appréhender : soit on se repose sur l'humanité pour trouver des solutions, soit on s'oppose à l'humanité, considérant que c'est son existence même qui pose problème. Là-dessus, on a vite fait de dériver. Le meurtre de masse n'est pas loin… Cela oblige à la vigilance, à la lucidité. Je ne nie aucunement les dommages que l'action humaine peut causer à la planète, mais si l'humanité est source de problèmes, elle est aussi capable de produire des solutions, et c'est dans ce sens qu'il faut se diriger, sans se mettre à la détester par principe… Attaquer les boucheries ou aller taguer les crémeries, c'est déjà entrer dans un combat contre l'espèce humaine qui, je pense, peut aller très loin…

Comment avez-vous été amené à acheter un chalet à Saint-Nicolas-de-Véroce, en Haute-Savoie, où vous vivez plusieurs mois par an ?

Cette acquisition est liée à un événement qui a transformé ma vie sur le plan financier : l'obtention du prix Goncourt pour *Rouge Brésil* en 2001. Le livre fut une des meilleures ventes dans l'histoire du prix et m'a donné une aisance financière que je n'avais jamais eue. Cela m'a décidé à franchir le pas et à avoir en montagne quelque chose de permanent, pas uniquement un lieu de villégiature provisoire. J'ai d'abord prospecté dans la vallée du Giffre, vers Samoëns, avant qu'un ami m'oriente vers la maison que je possède aujourd'hui. Elle est située au-dessus du village de Saint-Nicolas-de-Véroce, sur la route du plateau de la Croix, sur un coteau moins ensoleillé qu'à Megève, orienté au nord-est. Tout en étant proche d'une station de ski, ma maison, qui a vue sur le Mont-Blanc et le refuge du Goûter, donne l'apparence d'un isolement complet : quand vous êtes chez moi, vous n'apercevez aucun bâtiment, vous n'avez aucun vis-à-vis... J'ai sous les yeux un panorama extraordinaire, un ensemble de sommets mythiques : les dômes de Miage, l'aiguille de Bionnassay, le dôme et l'aiguille du Goûter, et puis un peu plus loin, en enfilade, l'aiguille du Midi, l'aiguille Verte et même le Brévent.

Ma sensibilité est plutôt visuelle que musicale, et je ne me lasse jamais de ce tableau qui évolue en permanence, qui change constamment selon les saisons et la météo : je n'ai jamais la même toile devant moi ! J'ai beau être ici depuis bientôt vingt ans, je suis toujours émerveillé par ce spectacle sans cesse renouvelé et très attachant ! C'est parfois violent, dans la mesure où nous avons de fortes intempéries, des orages très spectaculaires et des arcs-en-ciel assez grandioses... Je vis ici la moitié de l'année, parfois un peu plus, surtout en été et en hiver (j'ai souvent des obligations à l'automne pour mes livres, à Paris ou à l'étranger, et je voyage au printemps pour mûrir de nouveaux projets).

Cette vie en montagne, avec un relatif isolement, un panorama spécifique, a-t-elle une influence particulière sur votre écriture ?

Ce fut très bénéfique pour moi de m'installer ici parce que le panorama n'est pas daté : on peut regarder par la fenêtre et ne pas savoir à quelle époque on se trouve, que ce soit le Moyen Âge, le XIXe ou le XXIe siècle... Je bénéficie d'un panorama neutre en quelque sorte, un environnement qui n'impose pas son époque, sur lequel on peut projeter tous les imaginaires possibles ; cette idée de neutralité est importante pour moi, car, qu'on le veuille ou non, lorsqu'on est en ville, on est toujours ramené au présent d'une façon violente. À Saint-Nicolas-de-Véroce, pas du tout. On peut vraiment s'engager dans l'imaginaire, de façon libre, sans limites, ce qui est très favorable à la rêverie, à la projection mentale ; on peut voyager intérieurement sans entraves. De même que certaines musiques sont propices à l'écriture (notamment Bach, que beaucoup considèrent comme le compositeur des écrivains), certains paysages sont fertiles pour cette activité : ils n'interfèrent pas, tout au moins pas négativement, avec la création. Ils la nourrissent, au contraire, lui donnent de la force, de la couleur, une forme de plénitude. J'ai gardé aussi un appartement à Bourges dans lequel j'ai conçu mon roman *Le Grand Cœur*, mais j'ai écrit une grande partie, pour ne pas dire la totalité de mes livres, dans ce chalet de montagne, que ce soit *Immortelle randonnée*, *Check-point* ou encore la série d'*Aurel le Consul*...

Quel rapport entretenez-vous avec la littérature de montagne ?

Je ne m'y intéressais pas quand j'ai découvert ce milieu et commencé à pratiquer. J'ai lu assez tard les classiques du genre comme *Premier de cordée.* J'aime beaucoup Frison-Roche, vrai alpiniste et grand écrivain. Cela ne fait pas de moi pour autant un inconditionnel de la littérature de montagne. Je ne suis pas un spécialiste de cette littérature et je suis sûrement passé à côté de quelques chefs-d'œuvre. Cependant, je trouve que l'équilibre atteint par Frison-Roche est rare dans ce genre. Soit on a des livres très documentés écrits par de vrais montagnards et leur dimension littéraire est faible. Soit, quand des écrivains se saisissent du sujet, ils le font avec naïveté et sans connaissance de la réalité. Prenons par exemple un roman comme *La Neige en deuil* d'Henri Troyat. Beaucoup, à sa sortie, ont salué cette évocation de la montagne. Le roman est bien écrit (Troyat savait raconter des histoires), mais il ne m'a pas vraiment bouleversé. J'ai trouvé l'intrigue assez peu vraisemblable, je n'y ai pas cru du tout… Il présente la montagne telle que l'imaginent ceux qui ne la pratiquent pas. Je le dis de surcroît avec tout le respect que je dois à Henri Troyat, auquel j'ai succédé à l'Académie française en 2008. Pour préparer mon discours de réception, je me suis renseigné sur sa préparation de *La Neige en deuil*. Troyat s'est bien rendu à Chamonix avec sa femme, veuve d'un médecin local. Elle l'a traîné au Montenvers et sur quelques sentiers. N'étant pas du tout sportif, il n'a pas dépassé ce niveau modeste. Il n'a jamais mis les pieds sur un glacier... Cependant, il a interrogé quelques guides, recueilli leurs histoires à propos d'un avion naufragé des neiges et il a plaqué là-dessus des personnages de son invention qui font de l'affaire une tragédie assez artificielle.

Ce texte tombe dans un travers que je reproche souvent à cette littérature de montagne : si l'on retire le décor – la montagne – et que l'on regarde l'intrigue, c'est souvent décevant. On peut apprécier la littérature de montagne pour la simple évocation du paysage, et dans ce cas on se moque un peu de l'intrigue... Ce n'est pas mon cas. Je ne vois pas pourquoi on supprimerait les qualités littéraires sous prétexte que l'histoire se déroule en montagne... Le roman historique conduit souvent au même écueil que le roman de montagne : certains auteurs évoquent une période à grand renfort de documentation, on y apprend des choses, mais l'intrigue est souvent pauvre, mal ficelée. En matière romanesque, je suis particulièrement sensible (encore une fois, me direz-vous !) à l'aspect humain, au développement des personnages, à la dramaturgie… Si je veux me documenter sur une période historique précise ou sur un aspect particulier de la montagne, d'excellents livres d'histoire, de nombreuses monographies sont disponibles… Heureusement, la littérature de montagne connaît en ce moment une renaissance avec de très beaux romans comme celui de Paolo Cognetti, *Les Huit Montagnes*, qui a rencontré un succès international il y a quatre ans.

En vérité, mes coups de cœur, en matière de littérature de montagne, concernent des romans extérieurs au genre, auxquels on ne pense pas spontanément. J'aime beaucoup l'évocation des montagnes afghanes dans *Les Cavaliers* de Joseph Kessel ou l'atmosphère oppressante des montagnes dans *Le Désert des Tartares* de Dino Buzzati. Le roman d'Ernst Jünger, *Sur les falaises de marbre*, n'est pas non plus un livre de montagne, mais le livre évoque magnifiquement la solitude des hauteurs, la nature alpestre, la vision distanciée du monde que permet la montagne.

Vous venez de terminer un roman, Les Flammes de pierre [1] *qui, pour la première fois, se déroule intégralement en montagne. Il évoque le destin parallèle de deux frères alpinistes, entrecroisé avec une histoire d'amour… Est-ce difficile, particulier, d'écrire une fiction sur la montagne ?*

J'avais envie d'écrire sur la montagne depuis longtemps, mais ne me sentais pas suffisamment légitime dans ma pratique pour m'y atteler. Je n'ai aucun exploit personnel à raconter, n'étant pas un alpiniste de haut niveau, aucune expérience extrême ou originale à rapporter. Par ailleurs, cet univers n'est plus pour moi une découverte ou un sujet d'étonnement : je n'ai plus la fraîcheur de personnes comme Ludovic Escande, qui a découvert l'alpinisme lors de notre ascension du mont Blanc et a raconté cette initiation dans son livre… Étant en quelque sorte immergé dans la montagne depuis longtemps, familier de ce milieu, j'ai dépassé, hélas, cette phase de naïveté du regard.

Sur le plan des sujets, j'étais un peu prisonnier de la littérature classique de montagne, incarnée par Frison-Roche, centrée autour de

1. Gallimard, 2021.

la figure du guide, qui a un peu perdu de son héroïsme aujourd'hui. Désormais, on évoque plutôt les limites et les doutes du guide. Ce ressort me semblait donc usé, de même que celui du catastrophisme. Que ce soit dans le domaine littéraire ou cinématographique, on évoque trop souvent à mon goût des accidents, des tragédies, lorsque l'on évoque la montagne : hélicoptères qui s'écrasent, alpinistes bloqués sur des parois, qui tombent dans des crevasses ! Depuis *Vertical Limit*, *Cliffhanger*, *La Mort suspendue* ou encore *Mort sur le toit du monde* (adaptation cinématographique de *Tragédie à l'Everest* en 1997), la montagne est devenue un sujet de film catastrophe, reprenant le flambeau de *La Tour infernale* ou de *Titanic*... Je ne trouvais pas ma place dans de tels univers.

Il a fallu (comme toujours) des hasards et pas mal de temps pour trouver un sujet humain (une histoire d'amour) qui, sans être une tragédie, s'inscrivait pleinement dans la montagne. Je voulais qu'elle ne soit pas seulement un décor neutre, mais l'un des acteurs du drame, un personnage à part entière. Tout cela prend du temps, et ça ne se fait pas volontairement... La création, c'est l'inconscient à l'œuvre, il faut attendre que les idées mûrissent... Une fois que j'ai cerné le sujet, que les codes, les repères sont établis, je vais vite – j'ai écrit ce roman en deux mois. On revient un peu à ce que disait Roger Vailland, un auteur des années 1960 un peu oublié aujourd'hui, mais que j'affectionne beaucoup : quand on prend une feuille de papier, qu'on trace un premier trait, il se trouve n'importe où et a été un peu placé au hasard... Le deuxième trait procède déjà d'une logique différente puisqu'il sera posé sur la feuille en fonction du premier – il peut le croiser ou se trouver en parallèle. Petit à petit, le schéma global se précise et, lorsqu'on a mis cinq cents traits, ils sont chaque fois un peu plus déterminés par tous les précédents et gagnent en cohérence.

Mon trait initial était l'histoire de deux frères nés en région parisienne et devenus alpinistes. L'un des deux est un guide un peu ascète, ouvreur de grands itinéraires. L'autre est un montagnard mondain qui emmène ses riches clientes sur des pistes faciles. Jusqu'au jour où une rencontre va pulvériser sa vie et le faire sortir de sa zone de confort. Il va alors découvrir autre chose dans la montagne.

Cette histoire (en partie authentique) m'a conduit jusqu'à un certain point mais, comme cela se produit souvent en montagne quand le terrain devient dangereux, accidenté, vient un moment où le tracé disparaît : il n'y a plus rien pour vous guider… Ç'a été le cas pour cette histoire : au-delà des faits réels qui constituent l'origine du drame, je ne savais pas trop comment m'en sortir, comme d'habitude d'ailleurs, car je m'embarque souvent dans des affaires compliquées… Finalement, une sorte de petit miracle s'est produit et j'ai trouvé un passage vers le sommet !

À partir du moment où les personnages ont leur logique, leur dynamique, leur force, on s'en sort toujours : ce sont eux qui, à un instant donné, prennent le relais, construisent leur propre histoire, ou tout au moins indiquent la direction à suivre ou à ne pas suivre… Il y a des voies que l'on voudrait éventuellement explorer, mais la logique des personnages fait qu'ils vous disent : « Non, je ne te suivrai jamais là-dedans ! »

On peut parfois se retrouver dans des impasses, des culs-de-sac. Mon ami Thomas

Harris (l'auteur du *Silence des agneaux*) m'expliquait à propos d'un de ses projets : « Ce livre-là est mort dans mes bras... » Cela peut effectivement arriver. Par bonheur, en laissant vivre les personnages, ils finissent en général par se débrouiller tout seuls – même s'il faut les aider un peu. Sartre disait que pour écrire un roman, « il faut des consciences libres et du temps ». La formule me semble assez juste : il faut vraiment des consciences libres, au sens où elles sont construites, possèdent leur logique, mais ont aussi leur capacité à s'inscrire dans le monde. Une fois ces consciences mises en situation, le temps fait son œuvre...

L'écriture est fondée pour moi sur un petit cristal d'intrigue : je sais de quoi je vais parler, s'il s'agit d'une histoire d'amour, de trahison, etc. Une simple anecdote ; parfois une ligne lue quelque part ou un mot entendu je ne sais où. Qu'y a-t-il au fond de ça, qu'est-ce que je veux y mettre ? Je n'en sais rien d'abord. Les personnages sont nécessaires pour que les choses prennent vie, pour qu'un *thème* – « l'arrivée des Français au Brésil au XVIe siècle » dans *Rouge Brésil*, par exemple –

devienne une *intrigue* et s'incarne en une fiction romanesque. Sans la vie qu'apportent les personnages, vous racontez l'histoire en historien ou en sociologue, et non en romancier. Et pour écrire un vrai roman, il faut des personnages qui vivent, qui ne soient pas en carton-pâte… C'est la raison pour laquelle, en matière de création romanesque, le rapport à la vie est forcément très étroit : on ne peut pas inventer la vie. On la connaît par l'expérience, comme j'ai pu le faire dans ma pratique de la médecine ou de la diplomatie. Le paradoxe des personnages, c'est qu'ils sont à la fois virtuels et nourris de vie.

Quelle est votre méthode de travail et de composition ? Comment construisez-vous notamment l'intrigue, à laquelle vous accordez une grande importance ?

J'essaie un peu de caractériser les personnages, en amont, mais assez vite je le fais dans l'action, c'est-à-dire en écrivant. Au début, je peux mettre de petits repères, mais je n'établis aucun portrait-robot : c'est dans la dynamique que les choses prennent forme. Si les éléments sont trop corsetés, sur le plan de l'intrigue comme des protagonistes, si le terrain est trop balisé, je vais vite m'ennuyer et n'aurai plus envie d'écrire – le travail perdra tout son intérêt.

Concernant l'histoire, sans élaborer un plan trop détaillé, je dessine une structure en cinq actes. Je ne les retrouve pas forcément à la fin, mais dans ma tête, au début, je sais combien de chapitres chaque acte comportera, la longueur de ces chapitres et ce qu'ils devront raconter. Cela peut bien sûr évoluer, car il y a quand même des logiques internes qui font qu'on peut raccourcir ou rallonger un peu. Je me dis par exemple que le premier acte comportera dix chapitres, qu'ils devront me mener à tel stade de l'histoire. Si je ne parviens pas à mettre dans cet espace tout ce que j'avais prévu dans mon prédécoupage, c'est que j'ai été digressif. Je dois me recentrer. À ce moment-là, je me dis : « Tu t'es trompé ! Tu aurais dû dire tout ça en tant de temps… »

Cette méthode, héritée du théâtre, s'apparente à un guide de cohérence. À l'image d'Alexandre Dumas qui disait pratiquer du théâtre romancé, je conçois les personnages à travers les dialogues, leur manière de parler, de raconter, de s'exprimer. Le reste est presque de l'ordre de la didascalie – la température, l'ambiance sont des guides pour la mise en scène. *Le Collier rouge* est un exemple parfait : avec son unité de temps, de lieu et d'action, c'est du théâtre classique. Dans ce livre, je n'avais pas besoin de raconter les scènes puisqu'elles étaient « jouées » par les personnages... Mais cela n'est bien sûr pas valable chaque fois : il y a des livres où le récit prend plus de place, où il y a davantage besoin de raconter ce qui s'est passé entre les scènes (c'est le cas du *Grand Cœur* dont l'histoire se déroule sur des durées importantes).

Les choix que le romancier doit faire quant aux développements de son histoire, à ses directions possibles, au risque de se tromper, peuvent-ils se comparer aux décisions (itinéraire, météo, etc.), auxquelles l'alpiniste est confronté ?

Les deux activités ont pas mal de points communs. On parle en escalade de la « lecture » du rocher : on dit que l'on doit « déchiffrer la paroi ». Cela signifie trouver où sont les prises, où va la voie, etc. Ce mouvement global articulé sur plusieurs dizaines, voire plusieurs centaines de mètres, relève d'une tactique, d'une stratégie. Comme au théâtre, chaque longueur de corde est une scène à l'intérieur d'un acte... Ces notions de progression et d'équilibre sont aussi très importantes en matière littéraire : l'auteur progresse dans l'histoire, et derrière il faut que le lecteur le suive, qu'il ait lui aussi des points d'appui, des prises... Certains écrivains choisissent délibérément de jouer sur le déséquilibre, de ne pas donner tous les éléments – toutes les prises –, qu'on découvrira plus tard... En ce qui me concerne, je fais en sorte que le lecteur, à l'égard duquel je nourris une forme de bienveillance (comme un guide en haute montagne), me suive sans effort. Je pense que le romancier doit faire sa partie du travail et le lecteur la sienne... Mais il faut quand même lui faciliter la tâche. Ma conception du roman reprend cette loi de Pascal disant que pour qu'une machine soit simple à l'usage, il faut qu'à l'intérieur ce soit compliqué. En littérature, pour qu'un livre soit facile à lire, l'écrivain doit fournir un gros travail destiné à donner au texte une cohérence, une logique, une fluidité. On me dit souvent que mes livres coulent, qu'ils se lisent facilement. Si tel est le cas, c'est sans doute parce que j'ai fourni pas mal de travail et réfléchi au point de vue du lecteur.

Les Flammes de pierre, *qui illustre la plupart des thèmes dont nous avons discuté ensemble – notamment cette opposition entre montagne disciplinaire et hédoniste –, aborde les notions de risque et de danger. La montagne est-elle à contre-courant de la société contemporaine, où l'on veut à tout prix bannir le danger, vivre en toute sécurité ?*

Le danger est très largement contrôlé dans la vie moderne, où le principe de précaution est appliqué partout, systématiquement. L'effet paradoxal de cette vision protectrice du monde est que le danger devient omniprésent : tout paraît dangereux, on est potentiellement victime de tout ! La petite marche qui vous fait trébucher sur le trottoir peut conduire à porter plainte contre la municipalité. Le vent, le froid, la canicule, les orages : l'alerte est constante et en écoutant la météo, on a le sentiment de vivre sur une planète en furie. Ne parlons pas de la gestion de la pandémie et du déferlement de terreur dans les médias… Bref, vouloir occulter le risque revient à alimenter un sentiment de crainte démesuré… La montagne – je ne sais pas pour combien de temps encore – est l'un des derniers milieux où l'on accepte que des individus libres se confrontent de leur plein gré à un risque. Cette confrontation, curieusement, efface la crainte. Contrairement à ce que l'on croit parfois, loin d'être terrorisé, on éprouve en montagne une sorte de bien-être dans un milieu potentiellement dangereux car on sait qu'on va en contrôler, en minimiser les sources de danger. La phrase de Gaston Rébuffat « Il faut chercher la difficulté et non pas le danger » définit parfaitement l'état d'esprit des alpinistes dans leur manière d'être conscients du risque et de le gérer eux-mêmes. On apprend à appliquer à chaque aspect de l'évolution en montagne, à chaque situation, des techniques précises : par exemple, lorsqu'on marche sur un glacier, on s'encorde à une distance de quinze mètres, on connaît les procédures pour se sortir d'une crevasse et on prépositionne les appareils qui aideront éventuellement à remonter… Ce risque accepté fait entrer paradoxalement dans un univers de confiance, beaucoup plus que dans la vie courante où les gens sont tellement conditionnés à ne pas prendre de risque qu'un rien les terrorise. Je le constate souvent quand des citadins viennent à la montagne : ils sont inquiets, constamment aux aguets, ont peur de ceci ou de cela... On ne peut pas s'épanouir en tant qu'être humain sans s'être à un moment donné confronté au risque d'une manière ou d'une autre. Les jeunes que l'on prive de ces possibilités de confrontation à un risque maîtrisé vont se livrer à tous les excès possibles, à moto, avec l'alcool ou la drogue : des pratiques bien plus dangereuses en définitive. La montagne, *a contrario*, apprend la maîtrise du risque. Le danger y existe, bien sûr, mais il est résiduel surtout dans les activités qui exigent une formation technique comme l'alpinisme (il y a plus d'accidents en randonnée qu'en alpinisme, même s'il faut le rapporter au nombre de pratiquants).

Vous avancez dans la dernière partie du roman l'idée que l'alpiniste a une idée « un peu naïve de la justice », que les défis de la vie sociale exigent des moyens « plus subtils et moins égalitaires » : il y aurait une différence de perception entre la vie en montagne, en altitude, et celle de la ville, de la plaine ?

Il y a en montagne une sorte de récompense de l'effort, du mérite, de l'honnêteté. Et malheureusement, dans les organisations sociales, que ce soit l'entreprise, les administrations ou l'université, ce ne sont pas forcément ceux qui travaillent le plus, le mieux, les plus honnêtes, les plus loyaux, qui sont récompensés – loin de là. Si les meilleurs gagnaient dans la vie sociale, cela se saurait… Il y a beaucoup de chemins de traverse, des gens prennent des raccourcis, s'affranchissent de certaines règles, passent entre les gouttes et sont récompensés quand même. Si je prends l'exemple du Quai d'Orsay, est-ce que les meilleurs deviennent ambassadeurs ? Est-ce que ceux qui font le mieux leur travail dans les services culturels, par exemple, qui œuvrent réellement dans l'intérêt de la France, sont promus ? N'est-ce pas plutôt ceux qui savent le mieux ménager leurs supérieurs, tisser des réseaux ? Il y a tout cela dans la vie sociale… Je ne dis pas que le travail n'est pas payant, que la loyauté n'est pas nécessaire, bien entendu, mais je pense que la montagne est beaucoup moins compliquée de ce point de vue : elle récompense ou, en tout cas, elle exige des qualités. La ruse, la triche y sont de peu d'utilité : ça ne tient pas le coup longtemps. Il y a une forme de vérité en montagne, comme d'ailleurs dans toutes les activités objectives : si vous dites par exemple que vous courez le cent mètres en tant de temps, un chrono pourra sans équivoque le confirmer ou l'infirmer. Après, évidemment, il y a le phénomène du dopage, mais en montagne, le dopage est surtout élaboré à base de génépi... Ça n'améliore pas la performance, mais au moins ça réchauffe !

Des drames, des tragédies surviennent parfois en montagne. Le drame y existe (hélas), mais le mélodrame n'y a pas sa place. On ne tolère pas les faux-semblants dans ce milieu qui décape les sentiments, évacue tout ce qui est faux, que ce soit les gens qui se vantent d'avoir fait tel ou tel sommet et sont confrontés à la performance réelle, ou les pseudo-souffrances, les bobos sans conséquences : tout cela vole en éclats face à la réalité de la montagne !

« Nul n'aura pu dire ce qu'il faisait là », écrivez-vous dans l'épilogue. Est-ce compliqué, en

montagne comme pour l'écriture, d'expliquer les raisons qui vous poussent à pratiquer ces activités ?

Il n'y a pas de réponse, il me semble. J'ai écrit un roman sur la montagne, dans lequel je mets en scène à peu près toutes les raisons possibles de se livrer à ces activités. En réalité, il n'y a pas de raison pour aller en montagne ou pour écrire, si ce n'est le plaisir qu'on en tire. La question du « pourquoi » vient de l'extérieur, on ne se la pose pas quand on pratique… Quand vous écrivez, vous n'êtes pas en train de vous dire : « Pourquoi fais-je ça ? » C'est pareil en montagne. Vous ne vous posez pas la question à chaque pas : « Qu'est-ce que je fais là ? Où vais-je, qui suis-je ? » D'une certaine façon, l'écriture comme l'alpinisme sont des activités qu'il faut pratiquer pour ne pas, ne plus se poser la question.

Lectures montagnardes

Le Désert des Tartares, Dino Buzzati (1940)

À l'image de *La Peste*, ce roman pourrait être assimilé à un ouvrage purement allégorique. Il met en scène une situation qui est en elle-même porteuse de questions existentielles : ce qu'on attend et qui ne vient pas, le rapport au temps, la condition humaine, etc. On pourrait le ranger dans la catégorie des contes philosophiques, mais ce serait une erreur. Contrairement au livre d'Albert Camus, où la maladie en elle-même a peu d'importance, où les idées prédominent, l'histoire de Buzzati est habitée, située. La montagne incarne la vie suspendue de ce lieu, lui donne une dimension non seulement symbolique, mais aussi poétique, un ancrage physique avec la présence des sommets et de leur ombre, du vent, des éléments…

L'angoisse n'est pas uniquement liée à l'attente et à la suspension du temps, mais aussi aux objets, à l'ivresse que l'on peut ressentir lorsqu'on est contraint de regarder quelque chose fixement pendant très longtemps. Cela fait écho à la phrase de Flaubert : « Toute chose est intéressante, pourvu qu'on la regarde longtemps. » Le fort d'altitude où se retrouve Giovanni Drogo, le personnage principal, n'a rien d'exceptionnel, mais le fait d'y être attaché, d'y rester des années, produit une espèce de fascination, à la fois de l'auteur et du lecteur. On finit par partager les observations du protagoniste, obsédé par les bruits, les couleurs et les formes qui l'entourent : une tache au plafond de sa chambre, le gargouillis de la citerne, etc.

Buzzati était alpiniste et a écrit d'autres livres sur la montagne comme *Bàrnabo des montagnes* et *Montagnes de verre*. Ce n'est pas par hasard qu'il a situé *Le Désert des Tartares* dans ce décor de montagne… Quand on connaît soi-même ce milieu, on voit tout de suite si un écrivain le maîtrise ou non, s'il l'a fréquenté ou pas… L'écriture de Buzzati est claire et ciselée, parfaitement adaptée aux sommets, aux lignes de crête. On dit toujours qu'en montagne on sent doublement le poids. Quand on est un peu gras ou qu'on a trop de choses dans son sac, l'effort devient tout de suite épuisant, le pas se ralentit, le souffle devient court… C'est la même chose pour les alpinistes et les écrivains, il me semble : écrire sur la montagne exige d'être léger, de ne pas vouloir trop en dire, de ne pas saturer les phrases d'imparfaits du subjonctif, d'adjectifs, de subordonnées, etc. Tout cela alourdit terriblement le récit. C'est comme avoir dix kilos de trop sur le dos ! Buzzati, en la matière, voyage léger. Comme diraient les alpinistes, il est affûté comme un lévrier…

Le thème de l'attente, l'espoir d'un ailleurs qui sera toujours mieux que le quotidien, était assez en vogue à l'époque où Buzzati a publié *Le Désert des Tartares*. On le retrouve par exemple dans *En attendant Godot* (1952), mais le théâtre de Beckett lui aussi est assez désincarné. La présence de la montagne, chez Buzzati, introduit une dimension supplémentaire : on attend, mais pendant ce temps on est quelque part, dans un environnement que l'on essaie de comprendre. On ne se trouve pas sur une scène de théâtre, suspendu à rien – on est dans un lieu précis, avec sa poésie et sa beauté. Cette beauté elle-même est une solution au problème de l'absurde. Même si rien n'a de sens, on peut être heureux en se livrant au spectacle du monde et en vivant dans la magie sensuelle du présent.

Cette thématique redevient aujourd'hui d'actualité d'une certaine façon : nous sommes tous gagnés par une espèce de frénésie à vouloir être ailleurs, à partir loin en vacances, à nous expatrier ! C'est une manière de ne pas regarder ce qui se trouve autour de nous, ce qu'il y a tout près… « Tant de mains pour changer le monde et si peu d'yeux pour le contempler », disait Julien Gracq. On veut constamment changer, on attend quelque chose, on espère… Nous baignons dans une société entièrement tendue vers l'attente de quelque chose. D'une manière étrange, la pandémie de Covid a permis à beaucoup de gens de redécouvrir le plaisir d'aller en vacances à trois kilomètres de chez eux. On peut relire le roman de Buzzati à la lumière de ce que nous vivons aujourd'hui : dans une société générant en permanence de l'angoisse, un monde où l'on est focalisé sur ce qui va arriver, sur ce qu'on attend, c'est une manière de nous ramener vers le présent, le local, le lieu où l'on se trouve et qu'en temps ordinaire on ne regarde plus…

*

À dire vrai, les bottes du lieutenant Angustina n'étaient pas très commodes pour monter le long des roches de la paroi. Dépourvues de clous, elles avaient tendance à glisser, alors que les godillots du capitaine Monti et des soldats s'accrochaient solidement aux aspérités. Mais, malgré cela, Angustina ne restait pas en arrière : multipliant les efforts, bien qu'il fût déjà fatigué et que sa veste trempée de sueur glacée le gênât considérablement, il parvenait à suivre de près le capitaine dans son ascension le long de l'abrupte muraille.

La montagne se révélait finalement moins difficile et moins escarpée qu'elle ne le semblait quand on la regardait d'en bas. Elle était toute creusée de galeries, de crevasses, de corniches rocheuses, et chaque roche était découpée en d'innombrables aspérités sur lesquelles on pouvait facilement poser le pied. Peu agile de nature, le capitaine grimpait en peinant, par bonds successifs, regardant de temps à autre vers le bas dans l'espoir qu'Angustina eût abandonné. Mais Angustina tenait bon ; avec la plus grande rapidité, il cherchait les points d'appui les plus larges et les plus sûrs et s'étonnait presque de pouvoir s'élever aussi lestement, quand il se sentait épuisé.

Au fur et à mesure que l'abîme augmentait en dessous d'eux, la crête finale semblait s'éloigner toujours davantage, défendue par une muraille jaune à pic. Et le soir approchait toujours plus rapidement, bien qu'un épais plafond de nuages gris empêchât d'évaluer à quelle hauteur était encore le soleil. Il commençait également à faire froid. Un vent mauvais montait du vallon et on l'entendait siffler entre les fentes de la montagne.

« Mon capitaine ! » cria d'en bas, à un certain moment, le sergent qui fermait la marche.

Monti s'arrêta, Angustina s'arrêta, puis tous les soldats, jusqu'au dernier, sans exception, s'arrêtèrent.

« Qu'y a-t-il encore ? demanda le capitaine comme s'il avait déjà pour le préoccuper d'autres raisons de soucis.

— Ceux du Nord ! cria le sergent. Ils sont déjà sur la crête.

— Tu es fou ! Où les vois-tu ? répliqua Monti.

— À gauche, sur cette petite plate-forme. Tout de suite à gauche de cette espèce de nez ! »

Ils y étaient en effet. Trois minuscules silhouettes noires se détachaient contre le ciel gris et se déplaçaient nettement. Il était évident que ceux du Nord avaient déjà occupé la partie inférieure de la crête et que, selon toutes probabilités, ils arriveraient au sommet avant eux.

« Bon Dieu », fit le capitaine avec un coup d'œil rageur vers le bas, comme si les soldats eussent été responsables du retard. Puis, s'adressant à Angustina : « Il faut au moins que ce soit nous qui occupions la cime. Pas d'histoires, sinon ça va barder avec le colonel !

— Il faudrait que ceux de là-bas s'arrêtent un peu, dit Angustina. De leur plate-forme à la cime, ils ne mettront pas plus d'une heure. S'ils ne s'arrêtent pas un peu, nous autres, nous arriverons forcément après eux.

— Peut-être vaut-il mieux que je parte en avant avec quatre hommes, dit alors le capitaine. Quand on est en petit nombre on va plus vite. Vous suivrez tranquillement. Ou plutôt, attendez ici, si vous vous sentez fatigué. »

« C'est là qu'il voulait en venir, ce salaud », pensa Angustina. Il voulait le laisser en arrière, pour que tout le mérite lui revînt à lui seul.

« À vos ordres, mon capitaine, répondit-il. Mais j'aimerais mieux vous suivre. À rester sans bouger, on gèle. »

Le capitaine, accompagné de quatre soldats choisis parmi les plus agiles, repartit donc, en éclaireur. Angustina prit le commandement des hommes qui restaient et espéra, mais en vain, pouvoir encore ne pas se laisser distancer par Monti. Son détachement était trop nombreux ; si l'on forçait l'allure, la file s'allongeait démesurément, si bien que l'on perdait complètement de vue les derniers.

De la sorte, Angustina vit la petite patrouille du capitaine disparaître en haut, derrière de grises corniches rocheuses. Pendant un bon moment, il entendit les petits éboulements de cailloux qu'ils provoquaient dans les fissures, puis il n'entendit même plus ceci. Jusqu'à leurs voix qui finirent par s'évanouir dans le lointain.

Cependant, le ciel s'assombrissait. Les rochers d'alentour, les parois blafardes de l'autre côté du col, le fond du précipice prenaient une teinte livide. De petits corbeaux volaient le long des aiguilles aériennes, en poussant des cris, ils semblaient s'avertir l'un l'autre de dangers imminents.

« Mon lieutenant, dit à Angustina le soldat qui le suivait, sous peu il va pleuvoir. »

Angustina s'arrêta pour le regarder pendant un instant et ne répondit rien. À présent ses bottes ne lui faisaient plus mal, mais il se sentait envahi par une profonde fatigue. Chaque mètre de montée lui coûtait un effort extrême. Par chance, les roches, à cet endroit, étaient moins escarpées et encore plus déchiquetées que les précédentes. Qui sait jusqu'où était arrivé le capitaine, se demandait Angustina, peut-être était-il déjà au sommet, peut-être avait-il déjà planté le petit drapeau et posé le panneau frontière, peut-être était-il déjà sur le chemin du retour ?

Il regarda vers le haut et s'aperçut que la cime n'était plus très éloignée. Seulement, il ne voyait pas par où on allait pouvoir passer, tant les contreforts en étaient abrupts et lisses.

Finalement, ayant débouché sur une vaste plate-forme caillouteuse, Angustina se trouva à quelques mètres du capitaine Monti. Grimpé sur les épaules d'un soldat, l'officier essayait de se hisser le long d'une brève paroi à pic, laquelle n'avait certainement pas plus d'une douzaine de mètres, mais qui semblait inaccessible. Il était évident que Monti s'acharnait en vaines tentatives depuis plusieurs minutes déjà, sans parvenir à trouver un chemin.

Il tâtonna trois ou quatre fois, cherchant un point d'appui, sembla le trouver, puis on l'entendit qui jurait, et on le vit retomber de nouveau sur les épaules du soldat que l'effort faisait trembler tout entier. Finalement, il renonça et, d'un bond, se retrouva sur les cailloux de la plate-forme.

Monti, haletant de fatigue, regarda Angustina d'un air hostile.

« Vous pouviez attendre en bas, lieutenant, dit-il. Il est bien évident que tout le monde ne pourra pas passer par là ; ce sera déjà beau si je peux grimper, moi-même, avec un ou deux soldats. Il eût mieux valu que vous attendiez en bas, la nuit est proche maintenant, et redescendre devient une affaire sérieuse.

— C'est vous-même qui me l'avez dit, mon capitaine, répondit Angustina sans la moindre sympathie. Vous m'avez dit de faire comme je voudrais ; ou bien d'attendre, ou bien de vous suivre.

— Bien, dit le capitaine. À présent, il faut trouver un chemin, il ne reste plus que ces quelques mètres à parcourir pour arriver à la cime.

— Comment ? La cime est tout de suite derrière ? demanda le lieutenant avec une indéfinissable ironie que Monti ne remarqua même pas.

— Il n'y a même pas douze mètres, grondait le capitaine. Bon Dieu, on va bien voir si je ne passerai pas. Même si je dois… »

Il fut interrompu par un cri arrogant qui venait d'en haut : au-dessus du rebord supérieur de la courte muraille, deux têtes humaines, souriantes, se penchèrent.

« Bonsoir, messieurs, cria l'un des nouveaux venus, sans doute un officier. Vous n'arriverez pas à passer par là, il faut monter par la crête ! »

Les deux visages se retirèrent et l'on entendit seulement des voix confuses d'hommes qui parlaient entre eux.

Monti était livide de rage. Il n'y avait donc plus rien à faire. Ceux du Nord avaient maintenant occupé aussi la cime. Le capitaine s'assit sur l'un des rochers de la plateforme, sans prêter attention à ses soldats qui continuaient à arriver d'en bas.

À ce moment précis, il se mit à neiger, une neige serrée et lourde, comme en plein hiver, les cailloux de la plate-forme devinrent blancs et la lumière vint brusquement à manquer. La nuit était tombée, la nuit à laquelle jusqu'alors personne n'avait sérieusement pensé.

« Bon Dieu ! rugit le capitaine, qu'est-ce que vous faites ? Roulez à nouveau vos capotes, et tout de suite ! Vous ne songez quand même pas à passer la nuit ici ? Maintenant, il faut redescendre.

— Si vous permettez, mon capitaine, dit Angustina, tant que les autres seront sur la cime…

— Quoi ? Quoi ? Qu'est-ce que vous voulez dire, vous ? demanda le capitaine avec colère.

— Il me semble que l'on ne peut pas rebrousser chemin, tant que ceux du Nord seront sur la cime. Ils sont arrivés les premiers et nous, nous n'avons plus rien à faire ici, mais nous aurions bonne mine si nous partions ! »

Le capitaine ne répondit pas, il marcha de long en large pendant quelques instants, sur la vaste plate-forme. Puis, il dit :

« Mais maintenant, ils vont bien s'en aller eux aussi : sur la cime, avec le temps qu'il fait, c'est encore pire qu'ici.

— Messieurs ! cria une voix qui venait d'en haut en même temps que quatre ou cinq têtes se penchaient par-dessus le rebord de la petite paroi rocheuse. Sans façon, prenez donc ces cordes, montez par ici, dans cette obscurité, vous n'allez pas pouvoir redescendre ! »

En même temps, deux cordes furent jetées d'en haut, pour que ceux du fort pussent, en s'en servant, grimper le long de la courte muraille.

« Merci, répondit le capitaine Monti d'un air moqueur. Merci pour cette offre, mais nous avons l'habitude de nous débrouiller tout seuls.

— Comme vous voudrez ! cria-t-on encore de la cime. De toute façon, nous vous les laissons là, si jamais vous désirez vous en servir. »

Un long silence suivit, on n'entendait que le bruissement de la neige, la quinte de toux d'un soldat. La visibilité était devenue complètement nulle, c'est à grand-peine que l'on parvenait à distinguer le bord de la petite paroi surplombante, d'où s'irradiait maintenant le reflet rouge d'une lanterne.

Plusieurs soldats du fort, ayant remis leurs capotes, avaient, eux aussi, allumé des lumières. On en apporta une au capitaine, au cas où il en aurait besoin.

« Mon capitaine, dit Angustina d'une voix lasse.

— Qu'y a-t-il encore ?

— Mon capitaine, que diriez-vous d'une petite partie ?

— Au diable les cartes ! » répondit Monti qui comprenait très bien que cette nuit-là, il n'était plus question de redescendre.

Sans souffler mot, Angustina prit le jeu de cartes dans la sacoche du capitaine, confiée à un soldat par celui-ci. Il étendit sur une pierre un pan de son manteau, rapprocha la lanterne, commença de battre les cartes.

« Mon capitaine, répéta-t-il. Faites ce que je vous dis, même si vous n'en avez pas envie. »

Monti comprit alors ce que voulait dire le lieutenant : devant ceux du Nord, qui étaient probablement en train de se moquer d'eux, il n'y avait rien d'autre à faire. Et, cependant que les soldats se blottissaient au pied de la paroi, profitant de chaque recoin, ou qu'ils se mettaient à manger au milieu des rires et des plaisanteries, les deux officiers commencèrent, sous la neige, une partie de cartes. Au-dessus d'eux, les roches à pic, au-dessous, le sombre précipice.

« Capot, capot ! » entendit-on crier d'en haut, d'un ton moqueur.

Ni Monti ni Angustina ne levèrent la tête, ils continuèrent de jouer. Le capitaine, néanmoins, jouait sans entrain, jetant avec rage les cartes sur le manteau. En vain Angustina tentait-il de plaisanter :

« Magnifique, deux as à la suite... mais celui-ci, c'est moi qui le prends... Avouez donc que vous avez oublié ce trois de bâtons... »

Et il riait même de temps en temps : d'un rire qui semblait sincère.

D'en haut parvint à nouveau un bruit de voix, puis des bruits de cailloux piétinés : probablement les autres étaient sur le point de s'en aller.

« Bonne chance ! cria encore vers eux la voix de tout à l'heure. Amusez-vous bien... et n'oubliez pas les deux cordes ! »

Ni le capitaine ni Angustina ne répondirent. Ils continuèrent de jouer sans même un geste en guise de réponse, faisant montre d'une grande concentration. Le reflet de la lanterne disparut de la cime ; évidemment, ceux du Nord étaient en train de s'en aller.

Sous la neige drue, les cartes étaient maintenant trempées et l'on avait du mal à les battre.

« Maintenant, ça suffit ! fit le capitaine en jetant ses cartes sur le manteau. Cette comédie a assez duré ! »

Il se retira sous les roches, s'enveloppa avec soin dans son manteau.

« Toni ! appela-t-il. Apporte-moi ma sacoche et trouve-moi un peu d'eau à boire.

— Ils nous voient encore, dit Angustina. Ils nous voient encore de la crête ! »

Mais, comprenant que Monti en avait assez, il continua tout seul, faisant comme si la partie se poursuivait.

Poussant les bruyantes exclamations de tradition quand on joue à la *scopa*, le lieutenant tenait ses cartes de la main gauche, de la droite, il les jetait sur le pan de manteau, faisant semblant de ramasser les levées ; à travers cette neige drue, les étrangers ne pouvaient certainement pas s'apercevoir, de la crête, que l'officier jouait tout seul.

Cependant une horrible sensation de froid s'était emparée de lui, jusqu'aux entrailles. Il avait le sentiment qu'il ne serait probablement plus jamais capable de bouger, ni même de s'étendre ; jamais, à son souvenir, il ne s'était senti aussi mal. On apercevait encore sur la crête le reflet oscillant de la lanterne des autres qui s'éloignait ; les autres pouvaient encore le voir. (*Et à la fenêtre du merveilleux palais, voici une frêle silhouette : c'est lui, Angustina, enfant, d'une pâleur impressionnante, vêtu d'un élégant costume de velours, avec un col de dentelle blanche ; d'un geste las, il ouvre la fenêtre, se penchant vers les ondoyants esprits accrochés au balcon, comme s'il y avait entre eux et lui une grande familiarité et qu'il voulût leur dire quelque chose.*)

« Capot, capot ! » tentait-il encore de crier pour être entendu par les étrangers, mais il n'avait plus qu'une pauvre voix rauque et épuisée. « Bon Dieu, mon capitaine, c'est la seconde fois que vous êtes capot ! »

Enveloppé de son manteau, mâchonnant lentement quelque chose, Monti regarda Angustina avec attention et sa colère allait toujours décroissant.

« Ça suffit, lieutenant, venez vous mettre à l'abri, maintenant ceux du Nord sont partis.

— Vous êtes beaucoup plus fort que moi, mon capitaine, disait Angustina persistant dans sa comédie, la voix de plus en plus faible. Mais ce soir, vous n'êtes vraiment pas en veine. Pourquoi continuez-vous à regarder en haut ? Pourquoi regardez-vous la cime ? Peut-être êtes-vous un peu nerveux ? »

Alors, dans le tourbillonnement de la neige, les dernières cartes trempées s'échappèrent de la main du lieutenant Angustina, la main elle-même retomba sans vie et demeura inerte le long du manteau, à la lueur tremblotante de la lanterne.

Le dos appuyé à un rocher, le lieutenant se laissa aller lentement en arrière, une étrange somnolence l'envahissait. (*Et, vers le palais, dans la nuit de pleine lune, s'avançait dans les airs un mince cortège d'autres esprits qui tiraient un petit palanquin.*)

« Lieutenant, venez donc ici manger un morceau. Par ce froid, il faut manger, forcez-vous, même si vous n'en avez pas envie ! » Ainsi criait le capitaine, et une ombre d'appréhension faisait vibrer sa voix. « Venez donc vous abriter, la neige va bientôt cesser. »

Et c'était vrai : presque d'un coup, les flocons blancs s'étaient mis à tomber moins drus et moins lourds, l'atmosphère était devenue plus claire, et l'on pouvait déjà entrevoir, à la lueur des lanternes, des rochers distants de plusieurs dizaines de mètres.

Et soudain, à travers une déchirure de la tourmente, à une distance incalculable, les lumières du fort apparurent. Elles semblaient en nombre infini, les lumières d'un château enchanté plongé dans la liesse d'antiques carnavals. Angustina les vit et un faible sourire se forma lentement sur ses lèvres engourdies par le froid.

« Lieutenant, appela encore le capitaine qui commençait à comprendre. Lieutenant, jetez ces cartes et venez ici, on y est à l'abri du vent. »

Mais Angustina regardait les lumières et, à la vérité, il ne savait plus exactement d'où elles venaient, si c'était du fort ou de la ville lointaine, ou encore de son propre château où personne n'attendait son retour.

Peut-être qu'à ce même moment, sur les glacis du fort, une sentinelle, ayant accidentellement tourné les yeux vers les montagnes, avait aperçu les lumières sur le haut du sommet ; à une telle distance, la petite paroi hostile était moins que rien, était comme inexistante. Et peut-être était-ce justement Drogo qui commandait la garde, Drogo qui, probablement, s'il l'avait désiré, eût pu partir avec le capitaine Monti et Angustina. Mais cette expédition avait paru stupide à Drogo : une fois dissipée la menace des Tartares, cette mission lui avait semblé n'être qu'une corvée, dans laquelle il n'y avait rien à gagner. À ce moment-là, pourtant, Drogo, lui aussi, voyait clignoter les lanternes sur la cime et il commençait à regretter de ne pas être parti. Ce n'était donc pas seulement dans la guerre que l'on pouvait trouver quelque chose de digne de soi, et maintenant il eût voulu être, lui aussi, là-haut, au cœur de la nuit et de la tempête. Trop tard, l'occasion était passée à côté de lui et il l'avait laissée s'enfuir.

Bien reposé et au sec, enveloppé dans son chaud manteau, Giovanni Drogo regardait peut-être avec envie les lointaines lumières, cependant qu'Angustina, tout entier recouvert de neige, employait avec difficulté ses dernières forces à lisser ses moustaches mouillées et à draper minutieusement sur lui son manteau, ceci non point dans le dessein de s'y envelopper davantage et d'avoir plus chaud, mais pour une raison connue de lui seul. De son abri, le capitaine Monti le regardait stupéfait, il se demandait ce qu'Angustina était en train de fabriquer et où diable il avait déjà vu un spectacle analogue, sans pourtant parvenir à se rappeler.

Il y avait dans une salle du fort un vieux tableau représentant la fin du prince Sébastien. Mortellement blessé, le prince Sébastien gisait au cœur de la forêt, le dos appuyé à un tronc d'arbre, la tête légèrement penchée d'un côté, le manteau retombant en plis harmonieux ; il n'y avait rien dans cette image de la déplaisante cruauté physique de la mort ; et en la regardant, on ne s'étonnait pas que le peintre eût conservé au prince toute sa noblesse et son extrême élégance.

Voilà qu'à présent Angustina, oh ! non pas qu'il le fît exprès, se mettait à ressembler au prince Sébastien blessé, gisant au cœur de la forêt ; Angustina ne portait pas comme lui une luisante cuirasse, à ses pieds ne gisaient ni casque ensanglanté ni épée brisée ; il n'avait pas le dos appuyé à un tronc d'arbre, mais à une dure pierre ; ce n'étaient pas les derniers rayons du couchant qui éclairaient son visage, mais seulement une faible lanterne. Et pourtant Angustina ressemblait étonnamment au prince Sébastien, identique était la position des membres, identique le drapé du manteau, identique cette expression de suprême lassitude.

Alors, à côté d'Angustina, le capitaine, le sergent et tous les autres soldats, bien plus vigoureux et plus fringants, semblèrent, les uns et les autres, des rustres grossiers. Et aussi invraisemblable que ceci pût paraître, une stupeur pleine d'envie s'empara de l'âme de Monti.

La neige avait cessé de tomber, le vent, dans les rochers, poussait des cris lugubres, soulevait des tourbillons d'une poussière glacée, faisait vaciller la petite flamme des lanternes derrière les vitres de celles-ci. Mais ce vent, on eût dit qu'Angustina ne le sentait pas : il demeurait immobile, appuyé à la grosse pierre, les yeux fixés sur les lointaines lumières du fort.

« Lieutenant ! essaya encore de dire le capitaine Monti. Lieutenant ! Lieutenant ! décidez-vous ! Venez donc ici ; si vous restez là, vous ne pourrez pas y tenir, vous allez finir gelé. Venez donc ici. Toni a construit une sorte d'abri.

— Merci, mon capitaine », articula péniblement Angustina et, parler lui coûtant un trop grand effort, il leva légèrement une main, faisant un geste comme pour dire que cela n'avait pas d'importance, que tout cela ce n'étaient que bêtises, sans plus. (*À la fin, le chef des esprits lui fit un signe impérieux et Angustina, de son air ennuyé, enjamba l'appui de la fenêtre et s'assit avec grâce dans le petit palanquin. Le véhicule enchanté s'ébranla doucement pour partir.*)

Pendant quelques minutes, on n'entendit que le cri rauque du vent. Les soldats eux-mêmes, entassés par groupes sous les rochers, pour avoir plus chaud, avaient perdu l'envie de plaisanter et luttaient en silence contre le froid.

Le vent s'interrompant un instant, Angustina releva un peu la tête, remua lentement les lèvres pour parler et ne parvint à articuler que ces trois mots : « Demain, il faudrait... » Et puis, plus rien. Trois mots seulement et si faibles que même le capitaine Monti ne s'aperçut pas qu'Angustina avait parlé.

Trois mots et la tête d'Angustina retomba en avant, abandonnée à elle-même. Blanche et raide, une main gît parmi les plis du manteau, la bouche est parvenue à se refermer et, de nouveau, un faible sourire s'est formé sur les lèvres. (*Tandis que le petit palanquin l'emportait, il détacha ses regards de son ami et tourna la tête vers l'avant, dans la direction du cortège, avec une sorte de curiosité amusée et méfiante. Il s'éloigna de la sorte dans la nuit, avec une noblesse quasi inhumaine. Le cortège magique monta en serpentant lentement dans le ciel, toujours plus haut, devint une ligne confuse, puis une minuscule touffe de vapeur, puis il disparut.*)

Que voulais-tu dire, Angustina ? Que faudrait-il demain ? Le capitaine Monti, abandonnant finalement son abri, secoue avec vigueur le lieutenant par les épaules pour lui faire reprendre connaissance ; mais il ne réussit qu'à déranger les nobles plis du martial linceul, et c'est dommage. Aucun des soldats ne s'est encore aperçu de ce qui vient de se passer.

Aux imprécations de Monti, la voix du vent, montant du sombre précipice, est seule à répondre. Que voulais-tu dire Angustina ? Tu t'en es allé sans achever ta phrase ; peut-être n'était-ce qu'une chose idiote et banale, peut-être un espoir absurde, peut-être aussi n'était-ce rien.

Le Désert des Tartares, Dino Buzzati
(© Rizzoli, 1940, pour le texte original,
traduit de l'italien par Michel Arnaud,
© Robert Laffont, 1949,
pour la traduction française)

Le Diable des Dolomites, Tita Piaz (1963)

J'aime d'abord le personnage de Tita Piaz : même s'il pratiquait l'alpinisme avec rigueur, il ne se prenait pas lui-même au sérieux. Il avait un grand sens de l'humour et beaucoup de recul sur sa pratique. L'humour n'est pas si fréquent dans la littérature de montagne, où le drame est souvent privilégié. Tita Piaz aimait tout simplement la vie, le rocher, les femmes, les voyages, l'escalade, dont il avait une conception quasi charnelle…

Il a évolué dans les Dolomites durant les premières décennies du XXe siècle, à une époque où l'escalade se faisait en « cheminée » (il était très fort en la matière). Il a réalisé de nombreuses premières dans ce massif, notamment aux Tours de Vajolet. Certaines voies de ce secteur portent son nom et renvoient directement à sa personnalité. Comme il le raconte dans son livre, la Punta Emma, un sommet de 2 617 mètres, est un hommage à Emma, la servante du refuge Vajolet, situé à proximité, dont il était secrètement amoureux. Cette ascension est aujourd'hui un grand classique... Tita Piaz avait des sortes d'intuitions aériennes et créait des voies très pures, droites, qui lui ressemblaient, notamment au spigolo du Sass Pordoi qui porte aujourd'hui son nom.

À travers sa controverse avec Paul Preuss, l'autre alpiniste en vogue de cette période, Tita Piaz incarne un versant solaire de l'alpinisme. Preuss plaidait pour un alpinisme sans aucune aide et refusait notamment le recours au rappel ; il était pour l'escalade libre à la montée et à la descente, « On n'a pas le droit de faire à la montée un passage que l'on ne se sent pas capable de redescendre sans moyens artificiels », disait-il. C'était réussir... ou mourir ! Et il est mort à vingt-sept ans. Paul Preuss était un jeune homme un peu autiste, solitaire, attiré par la mort, sinon par une forme de sacrifice – il avait un côté presque mystique. Piaz, *a contrario*, incarnait la vie (il a d'ailleurs vécu assez âgé, jusqu'à sa mort dans un accident de vélo). À la différence de Preuss, il défendait un alpinisme de bonheur et de sécurité. La plus belle course est celle… dont on revient entier. Cette controverse a constitué un moment charnière de l'alpinisme, un carrefour dont les conséquences ne sont pas anodines. Suivre la voie prônée par Preuss aurait conduit à une tout autre pratique de l'alpinisme, puriste, extrême (certains grimpeurs, à chaque génération, sont tentés par cette approche). Tout le monde (sauf peut-être Alex Honnold !) suit les recommandations de Piaz aujourd'hui : on fait du rappel, on s'assure, etc. Je me suis toujours situé du côté de l'alpinisme « plaisir », que Piaz incarne avec un petit air facétieux…

Il se considérait comme très laid et ne se faisait aucune illusion sur son charme physique (il regrette dans le livre que cette laideur, qui rebutait certains de ses clients, en montagne, n'ait jamais fait peur ni à ses créanciers ni à sa femme !). Il avait laissé courir la légende selon laquelle il avait conclu un pacte avec le diable, lequel lui aurait donné un onguent diabolique dont il s'enduisait le bout des doigts et qui lui permettait ainsi de tenir sur les parois les plus lisses. En grimpant un jour en solitaire dans le massif du Catinaccio, qu'il connaissait très bien, il a croisé une cordée qui lui a demandé s'il était bien le diable. « C'est normal, a-t-il répondu, puisque je lui ressemble... » Je le vois comme une sorte de personnage de Fellini, si différent des figures austères traditionnelles de l'alpinisme.

J'ai découvert le livre de Tita Piaz grâce à un ami musicien avec lequel je grimpais dans les Dolomites. Il abordait toujours les activités humaines, notamment artistiques, par le biais de héros : ainsi il était devenu musicien parce qu'il admirait Mozart, et avait visité tous les lieux où Mozart avait vécu... Quand nous avons commencé à pratiquer l'alpinisme, il s'est pris de passion pour Tita Piaz et a adopté la même démarche. Nous sommes donc allés sur la tombe de son idole (devenue bientôt la mienne...), qui se trouve en montagne, dans un cimetière surplombé par un télésiège, qui fonctionne aussi en été. C'était une scène un peu surréaliste : les gens suspendus dans les airs, à quelques mètres au-dessus de nous, observaient ces deux jeunes gens qui se recueillaient, le chapeau à la main, sur la tombe d'un inconnu mort depuis un siècle !

J'aime beaucoup les Dolomites, un massif extraordinaire, mariant la roche et la verdure, d'où émergent de grandes dents verticales.

À l'image de beaucoup d'autres reliefs d'Europe occidentale, où des plaques, des monuments honorent la mémoire de ceux qui les ont parcourus, qui ont réalisé des premières, les Dolomites conservent l'histoire de la montagne. Elle y est incrustée dans la roche sous forme d'ex-voto, de plaques commémoratives, de petits monuments. C'est une région très intéressante sur le plan culturel, mêlant des influences germaniques et italiennes. On y retrouve l'influence de l'Empire austro-hongrois, avec les églises à bulbe comme en Autriche ; dans d'autres zones, on a plutôt l'impression de se trouver dans la Vénétie italienne… Ce massif montagneux a aussi constitué un théâtre d'affrontements pendant la Première Guerre mondiale, un front important qui marque encore les montagnes. Les Cinque Torri, où se trouvait le quartier général des forces italiennes, font face à la Grande Tofana, immense montagne compacte, creusée de tunnels, où stationnaient les troupes autrichiennes… C'est un massif rempli de souvenirs en somme, un monde où résonne en permanence l'écho de ceux qui vous ont précédé.

La montagne n'est pas pour moi un théâtre de gymnastique ou d'exploit (je n'en ai jamais accompli). J'aime au contraire sa dimension historique, lorsqu'elle révèle ce que les êtres humains y ont vécu et qu'elle devient humaine.

*

La face nord de la pointe Emma

Je ne connais pas de maître plus irréductible, plus intransigeant que l'estomac. Il n'est pas de sophisme ou d'axiome capable de l'apaiser. Pour lui, une seule chose compte : la pitance.

À cette époque radieuse, mon enthousiasme pour la montagne, pour l'escalade était immense ; mais peut-être le vrai mobile (c'est intentionnellement que je dis « peut-être ») avait-il un nom : la lutte pour la vie.

La face nord-est de la pointe Emma, à laquelle personne n'avait osé penser, m'aurait donné l'immortalité. Et un beau jour où était arrivé du palace du col de Carezza un groupe important d'alpinistes de « salon » sous la conduite du docteur Christomannos [1], je me lançai à l'assaut.

1. Alpiniste de grand renom, pionnier du développement touristique du Tyrol du Sud, et champion du pangermanisme à l'époque.

Ce n'est pas tout à fait par hasard, on peut le penser, que je saisissais l'occasion. Je n'avais pas grande confiance en la réussite ; mais devant un tel public de profanes, un échec ne ternirait pas d'excessive façon les lauriers que j'allais certainement cueillir en gravissant simplement la moitié de la paroi. Et, de plus, je tenais sans doute à me produire devant le docteur Christomannos, personnalité marquante du DÖAV (club alpin austro-allemand).

Je ne m'élevai guère qu'à mi-hauteur de la paroi, jusqu'à cette fissure parfaitement fermée par un surplomb qui est précisément la clef de l'escalade. Je multipliai les tentatives spectaculaires devant ce public de naïfs, qui me regardaient la bouche ouverte, et au grand effroi de la gérante du refuge qui me voulait du bien. Elle était la seule personne au monde à me comprendre et à prendre mes misères en pitié.

Une fois convaincu qu'on ne passait pas par là sans s'exposer à un grave danger, et que pour courir un tel risque, il fallait au moins avoir non pas une contrefaçon d'espadrilles, mais des espadrilles dignes de ce nom (on les appelait alors « *scarpe de gatto* » : chaussures de chat, et mon grand rêve était d'en posséder une paire) ; quand donc je crus avoir assez fait pour démontrer à tout un chacun que je n'étais pas un lâche, je descendis.

Au refuge, je fus accueilli par les hôtes de l'hôtel Carezza avec des exclamations, des sourires, des poignées de main. Les vainqueurs de la face nord de l'Eiger n'ont certainement pas reçu un plus bruyant accueil. Le docteur Christomannos manifesta son admiration d'une manière moins platonique. Il me mit dans la main dix-sept florins en me disant : « *Lieber* Piaz, *Kaufen sie sich ein Paar ordentliche Kletterschue, dann werden Sie es schon schaffen !* Mon cher Piaz, achetez-vous une bonne paire d'espadrilles, et vous réussirez ! »

Aujourd'hui encore je garde le souvenir reconnaissant de ce geste généreux ; un geste dont j'ai toujours tenu compte, même lorsque, sur le plan politique, le docteur devint mon ennemi juré et chercha à me nuire [1].

On dit que si la veille de Waterloo le guide qui accompagnait Napoléon avait tout

1. Quand je vais à Merano, je me rends souvent au cimetière et me recueille sur sa tombe qui porte cette épitaphe : « *Dem Manne der alles für Andere und nichts für sich wollte.* » « À l'homme qui voulut tout pour les autres, et rien pour lui. » De fait, Christomannos, riche d'un million de florins à son arrivée à Merano, mourut pauvre.

simplement répondu « Oui » à une question que lui posait l'Empereur à propos de la topographie dudit champ, ou en tout cas avant que Milhaud ait reçu l'ordre de faire donner les cuirassiers, la carte d'Europe eût été changée. Petites causes, grands effets...

Toutes proportions gardées, cela aurait bien pu être mon cas. Si Christomannos ne m'avait pas fait cadeau de ces dix-sept florins, je serais peut-être devenu un méchant maître d'école, plein d'amertume, dégoûté de tout et de tous, comme un déclassé dans une situation qui n'est pas faite pour lui. Peut-être, à l'heure qu'il est, voyagerais-je dans ce pauvre monde avec une odeur de sacristie dans mes vêtements bien brossés, avec l'humble maintien du sujet moyen et « comme il faut », pleurant l'Autriche perdue et le doigt toujours mouillé d'eau bénite, et surtout l'échine parfaitement immunisée contre ce mal de l'ankylose qui me fera souffrir jusqu'au tombeau.

Dès lors j'eus les espadrilles réglementaires, et je cessai de jouer le rôle de cette mouche, qui s'étant enfariné la tête, se prenait pour un meunier. Peut-être aussi commençai-je à comprendre, ce jour-là, que pour être un bon grimpeur, au vrai sens du mot, la témérité, l'ambition, le besoin pressant d'argent ne suffisent pas…

Je me mis à penser sérieusement à l'escalade de la face où j'avais échoué et je me mis en quête d'un compagnon, car je savais qu'il s'agirait d'un duel à mort. Mais tout le monde me rit au nez. Alors je pris la décision d'essayer seul ; une décision où entraient un peu de fatalisme oriental et une grande confiance en mon habileté.

La proximité immédiate du refuge, aussi, et le voisinage d'êtres humains m'étaient un encouragement. Même si l'on ne pouvait me porter secours en cas de besoin, la seule pensée qu'on pouvait, en cas de catastrophe, récupérer mon corps me donnait un sentiment de tranquillité presque métaphysique, et il me semblait bénéficier d'un avantage énorme par rapport à Winkler dans la première ascension de sa tour. Qui peut connaître les fils invisibles qui font mouvoir les marionnettes humaines ?

Et un beau jour, après avoir fait à Mlle Marietta la promesse solennelle que je ferais demi-tour s'il y avait trop de danger et que je ne m'exposerais pas inutilement, je courus à l'attaque.

Les détails de l'escalade, je les ai complètement oubliés. Je me rappelle seulement le grand nombre de gens qui regardaient depuis la terrasse du refuge. Et quand j'arrivai au point critique, le fameux surplomb, après l'avoir bien étudié, j'eus une crise de conscience. Je compris que le bilan ne m'était pas favorable : la fissure, dans laquelle je ne pouvais introduire que la main gauche, était longue de plusieurs mètres et paraissait surplomber.

En cet instant, la seule fois de toute ma vie d'alpiniste, pour autant que je me souvienne, je jouai « quitte ou double » avec la vie. Je n'avais examiné ni les reliefs minuscules ni les autres possibilités. Je ne connaissais pas encore cet évangile, pour moi proclamé plus tard, qu'il faut grimper surtout avec les yeux et la tête, et Preuss, fulminant du haut de sa chaire resplendissante, n'avait pas encore énoncé sa thèse séduisante et chevaleresque : « On n'a pas le droit de faire à la montée un passage que l'on ne se sent pas de redescendre sans moyens artificiels. » Réussir… ou mourir. Tel était le problème, et je partis, avec la seule aide de la main gauche.

Bien sûr, à cette époque, la vie n'avait pas pour moi que des attraits. Parfois, le couvercle du cercueil peut représenter une solution qui n'est pas absolument terrifiante.

Comment ai-je fait ? Je l'ignore. Mais je réussis parce que je fis appel à toutes les qualités qui font l'homme et le grimpeur : force, souplesse, jeunesse, amour-propre, ambition ; parce que je livrai bataille pour la défense de mon propre moi, réveillé par un instinct de conservation élémentaire et désespéré.

Ce que j'ai éprouvé, ce que j'ai ressenti, lorsque après quelques mètres, je pus enfoncer dans la fente tout d'abord mon bras gauche, puis le genou, je ne saurai le décrire. On ne décrit pas le ciel. L'émotion du damné qui, du milieu de la fournaise, apercevrait à l'improviste la sortie de la géhenne serait à peu près celle qui m'empoigna quand j'eus introduit mes membres épuisés dans la fissure devenue cheminée. Il n'était plus question de faim ni de pain, mais de la vie.

C'était là démence pure et pourtant, même si je ne puis la justifier, je ne la regrette pas. Car toute folie de jeunesse a son côté de lumière. Douze ans plus tard, Preuss, dans ses *Austigsblätter*, disait de cette entreprise : « *Eine einzig dasthende Leistung für jene Zeit* : un exploit unique en son genre pour l'époque. »

Nous sommes aujourd'hui à l'âge du surhomme de l'escalade ; aujourd'hui le plus obscur des membres de la confrérie compte pour le moins à son actif l'escalade d'une paroi de 600 mètres au minimum, et tellement lisse qu'en comparaison la vitre de la fenêtre fait figure de champ labouré ; aujourd'hui, en cet endroit, quarante-six ans après, il y a deux pitons d'assurance, que l'on utilise même comme un escalier. Et cela suffit, ce me semble, à montrer la distance qui sépare dorénavant l'art du grimpeur d'aujourd'hui de ce qu'il fut un temps.

Ma technique, à l'époque, était très poussée ; j'étais très agile et parfaitement entraîné. Pourtant, je ne puis ni ne veux justifier ce geste insensé ni en atténuer la portée. Même en admettant qu'à l'origine de cette perte du contrôle de moi-même, il y a purement et simplement l'ambition. Car au fond du trou, à mes pieds, tout près du refuge, un public nombreux jouissait du spectacle, dans l'attente du triomphe ou de la tragédie.

Mais à dater de ce jour, on me prit au sérieux ; même les vrais alpinistes, qui regardaient avec respect la sombre, l'effrayante muraille, vaincue pour la seconde fois sept ans après seulement. Ce fut une victoire assez silencieuse. Pas de points d'exclamation. Je commençais à devenir un véritable alpiniste.

Le Diable des Dolomites, Tita Piaz,
traduit de l'italien par Félix Germain

Les Cavaliers,
Joseph Kessel
(1967)

Ce livre n'est pas un roman de montagne au sens où on l'entend traditionnellement, mais un roman qui se déroule dans la montagne, un texte où le parcours des personnages est intrinsèquement lié à la nature, à la topographie des lieux qu'ils traversent… Loin des récits d'alpinisme, il rappelle que ce milieu n'est pas seulement constitué de sommets, mais aussi de cols, de vallées, tous ces points de faiblesse de la montagne qui en fait sont les points de vie dans lesquels on peut apprivoiser ou du moins dominer ce monde hostile. La montagne que met en scène le roman de Kessel n'a rien à voir avec la Suisse et ses vallées verdoyantes : elle est minérale, désertique, aride. Mais si l'on sent dans le livre l'isolement lié au froid, au vent, à la nuit ou encore à l'hiver, c'est pour autant une montagne habitée, une montagne humaine.

Les Cavaliers met en scène les populations de montagne, qui sont façonnées par l'environnement dans lequel elles vivent. Tous les espaces sont balisés par le relief ; l'identification entre soi et les autres s'opère pour beaucoup par le biais de la géographie, par l'appartenance à la vallée. La rigueur du climat, l'hiver, la topographie très particulière induisent un isolement social, matériel, qui contraint ces populations à être très autonomes : tous les biens y sont difficiles à acheminer et à acquérir. Cela développe une grande frugalité et aussi une incroyable endurance. De ce point de vue, la montagne nous ramène en permanence à nos racines, à tout ce que la civilisation nous conduit à oublier : le froid, la faim, le vent, les intempéries, dont nous sommes protégés et que la montagne réintroduit individuellement, culturellement. Les peuples de montagne savent ce que veut dire l'autosuffisance, le recours aux produits locaux – toutes ces choses que nous sommes en train de redécouvrir.

Les Cavaliers est un livre qui m'a fait beaucoup rêver, un livre où l'humain est prédominant. Il met en scène un Afghanistan éternel, celui des tribus, des nomades, des différentes ethnies comme les Tadjiks, les Ouzbeks et les Hazaras. Aujourd'hui, on évoque systématiquement la guerre à propos de ce pays qui, pour ma génération du moins, est associé à l'invasion soviétique de 1979, cette grande perturbation venue de l'extérieur… J'ai lu de nombreux récits sur ce conflit. Lorsque j'étais à Médecins sans frontières, dans les années 1980, je suis allé à Peshawar, près de la frontière afghane, où je me suis occupé de pas mal de réfugiés afghans…

L'Afghanistan est une mosaïque religieuse et linguistique, qui comprend les Pachtouns, mais aussi les persanophones, les turcophones, etc. Les habitants ont été façonnés par ce décor extraordinaire, ainsi que par les invasions de peuples venus des steppes, mais aussi des montagnes d'Asie centrale. Ce pays est une espèce de cube, un dé dont toutes les vallées ouvrent vers des espaces culturels différents : c'est le « milieu des Empires », un carrefour allant vers le sous-continent indien, l'Empire russe, le monde turc, ou encore l'immense espace chinois… Les hommes, dans ces territoires, sont naturellement orientés dans la direction où les conduit la montagne, ils suivent le cours des fleuves et des vallées qui déterminent leur vie. Au fond, le roman de Kessel aurait pu s'intituler *Les Montagnards*. La présence du cheval (équivalent ici des yaks en Himalaya) est aussi très importante dans cette histoire ; il met quasiment l'homme à la dimension de la montagne, de ces territoires gigantesques où les trajets sont très longs. L'animal joue un rôle pour les transports, mais aussi dans les domaines du jeu et de la guerre. Quand on s'intéresse de façon générale à l'Asie centrale, à ce que les Chinois appellent les routes de la Soie, le cheval apparaît forcément : sans la domestication de ces animaux, l'aventure des Mongols, de Gengis Khan, n'aurait pas connu le même destin mondial…

Je lis Kessel depuis très longtemps ; j'ai débuté avec *L'Équipage*, son premier roman, paru en 1923. Il possède une immense qualité : celle de constamment se renouveler. De *La Passante du Sans-Souci* à *La Piste fauve*, de *Les Mains du miracle* à *Fortune carrée*, il a écrit des textes très différents qui n'ont rien à voir entre eux ! Je suis moins sensible aux auteurs qui écrivent toujours le même livre, creusent un unique sillon ; je préfère les écrivains capables de rebattre les cartes, d'être à l'écoute du monde. Kessel était d'abord un journaliste, mais dans le bon sens du terme : il allait voir ce qui se passait dans le monde, c'était un grand curieux, avide de rencontres. Dans ses livres, il restituait par le biais de la fiction un univers réel.

Jusqu'à sa récente entrée dans la Pléiade, son apparente simplicité, assimilée à du simplisme, lui a souvent été reprochée. Il est aujourd'hui redécouvert et jugé à sa vraie valeur. De son vivant, les tenants de la littérature pure et dure – des gens aujourd'hui totalement oubliés ! – posaient un regard assez condescendant sur son travail. Kessel a subi le même ostracisme que les auteurs dits « de genre », qu'il s'agisse du polar, de la science-fiction ou du roman historique : ces écrivains sont souvent mis de côté par la *grande* littérature, laquelle au fond, quand on laisse passer du temps, ne tient pas forcément le coup… Kessel a été témoin d'une époque ; il y a de la vie chez lui, ainsi qu'une grande poésie. Mais le plus remarquable pour moi est sa capacité à se mettre dans la peau des autres, quelle que soit leur culture (c'est ce que les tenants de la *cancel culture* dénoncent aujourd'hui comme de l'« appropriation culturelle »). Il me semble au contraire que c'est une immense qualité : elle constitue la source même du roman, sa dimension universelle. Elle est le cœur de la littérature.

*

Ce fut au cours de cette journée que se fit connaître aux voyageurs toute la cruauté des montagnes sauvages pour les hommes qui leur sont étrangers.

Coulées de pierre traîtresses… Pistes et sentes réduites à la minceur d'un corps. Degrés disposés de façon à rompre les os. Gouffres subitement ouverts au détour d'un défilé. Jamais une ligne droite, plane, sûre. Jamais un champ libre pour le regard. Ou le mur de roc ou la nuit de l'abîme. La moindre faute – que bronche un pied, se dérobe un genou, porte à faux le torse – et la mort était là qui attendait, appelait avec sa gueule béante, insondable, de vertige et de solitude.

La peur prit Mokkhi aux entrailles dès les premiers instants et ne le quitta plus. Tout reposait sur lui. Il avait à reconnaître, trouver, inventer un cheminement dans ce chaos de blocs, de pics, de corridors, de déchirures, négocier montées et descentes infernales, buter soudain contre le fond d'un couloir muré, revenir en arrière, guetter une autre issue, trébucher, vaciller au bord des précipices.

Dans le même temps, à travers ces manœuvres, ces acrobaties terrifiantes pour lesquelles n'étaient point faits les muscles, les nerfs, les yeux, l'instinct d'un berger de steppe, il fallait éclairer, guider, retenir, soutenir un cheval habitué lui aussi à la terre des herbes.

Au début, lorsqu'un obstacle semblait impossible à surmonter et un piège à déjouer, Mokkhi avait cherché sur les traits d'Ouroz un conseil, un secours. Il ne reçut jamais de réponse. Ouroz recueillait toutes ses ressources pour tenir en selle contre fatigue, fièvre, souffrance, heurts, escalades et plongées sans merci. Rien d'autre n'existait. Son visage demeurait clos. Son regard inaccessible.

Et Mokkhi cessa de s'adresser à ce masque. Et le sentiment d'être seul en un péril immense redoubla son effroi. Et l'effroi engendra la haine. « Tu as exigé cette folie », disait-il en pensée à Ouroz. « Et te voilà indifférent aux dangers terribles que tu nous fais courir à moi et à ce cheval merveilleux. Maudit sois-tu ! »

Les heures passaient. Le soleil tournait. Rien ne changeait dans le désordre de rochers, d'arêtes, d'aiguilles et de gorges sinueuses, pareilles à des étaux tordus, torturés.

Et il y eut ce tunnel si noir, si long, où l'on entendait chuchoter les démons qui hantent les entrailles des montagnes.

Il y eut cet escarpement si roide, si difficile à gravir qu'il fallut délester Jehol de toutes ses charges et laisser se perdre au hasard des pentes ustensiles, vêtements, couvertures, nourritures.

Et la corniche qu'ils atteignirent au crépuscule et d'où, enfin, ils aperçurent une vallée, était si étroite que Mokkhi, tandis qu'il en descendait les spirales, dut tenir, souvent, ses paupières fermées pour ne pas céder à l'appel de l'abîme dont ses pas épousaient le rivage en dents de scie.

*

Tant qu'ils avaient joué leur existence, Ouroz, ni Mokkhi, ni Jehol n'avaient ressenti le désir de boire. En lieu sûr, la soif les dévora. Des trois, la bête possédait les sens et l'instinct les mieux faits pour cette recherche. Ouroz et Mokkhi le savaient.

Jehol dressa très haut sa longue tête et, lentement, lentement, lui fit décrire un demi-cercle. Ses narines et ses lèvres encroûtées d'une sèche écume jaune remuaient, flairaient, goûtaient le vent léger du soir. Ouroz et Mokkhi attendaient sa décision avec une sorte d'humilité. Enfin l'étalon hennit, se mit en marche, allongea le pas, prit le petit trot. Mokkhi dut courir pour le suivre. Chaque secousse retentissait dans le corps rompu d'Ouroz. Chaque foulée arrachait un souffle rauque à la gorge de Mokkhi, si aride et rétrécie par la soif que la salive n'y passait plus. Ni l'un ni l'autre ne le remarquaient. Il leur semblait entendre par-dessous le murmure du vent dans les buissons un autre murmure presque pareil mais d'une intonation différente, merveilleuse. Ce n'était plus seulement un souffle des feuilles et des branches. C'était, mouillé, ondoyant, le langage ineffable de l'eau.

Il devint chant, grondement, fracas, les plus beaux du monde. Enfin, dans un profond repli du roc, apparut la cascade. Son orifice était situé très haut, à mi-chemin entre la base et le sommet de la falaise. Le soleil couchant l'éclairait encore et ses rayons faisaient de la source, nourrie aux entrailles des monts, un bouillonnement d'or et d'écarlate. Puis, d'un seul jet, le flot radieux passait dans la zone d'ombre, s'épandait au fil de la pierre en une immense et noire ondulation, se rassemblait dans un gouffre que son travail avait creusé au long des siècles, en jaillissait pour tomber dans une cavité moins profonde et continuait sa chute de bassin en bassin jusqu'à l'instant où il abordait la vallée d'un cours vif mais égal et sage. Le dernier de ces réservoirs naturels se trouvait presque au niveau du sol.

Il suffit à Mokkhi – l'étalon l'avait fait le premier – d'incliner la tête pour que l'eau glacée inondât sa bouche. Il n'eut plus conscience que de son bonheur de plante comblée soudain par la pluie après une sécheresse interminable. Si bien que le coup de cravache asséné sur sa nuque, il le sentit à peine. Un autre lui déchira une oreille. Il se redressa sans comprendre encore.

Ouroz – et tandis que Jehol continuait de boire – Ouroz était devant lui, dressé sur un étrier. Son masque couleur de cendre, ses yeux creux et brûlants, ses lèvres exsangues, scellées par une salive sèche, effrayèrent davantage le *saïs* que la lanière qui sifflait au-dessus de sa tête. À travers une buée rouge, à tâtons, il ôta de sa ceinture la peau de bouc, façonnée pour contenir l'eau, la plongea dans le bassin, la déposa sur la selle, toute gonflée, brillante, ruisselante. Ouroz but très lentement presque goutte à goutte. Il semblait vouloir, de la sorte, donner une leçon à Mokkhi. Au vrai, il avait peine à incliner la gourde vers sa bouche.

La brise tout à coup fraîchit. Ce ne fut qu'une brève rafale, mais, des buissons, des herbes, du bassin noir s'éleva une triste et mystérieuse rumeur. La rumeur que lève le vent porteur de nuit. Déjà les aigles montaient à grands battements d'ailes vers le sommet de la montagne que le soleil ne touchait plus et, à son flanc, la source de la cascade n'était plus qu'un trou sombre. Mokkhi suivit du regard les rapaces qui regagnaient leurs aires et pensa qu'Ouroz et lui, ils allaient affronter les longues, longues heures jusqu'au nouveau soleil dans la haute, haute vallée, et ses ténèbres et son gel, sans le moindre aliment, sans une seule couverture. Leurs biens s'en étaient allés à l'abîme, quand il avait fallu alléger l'étalon. Maintenant, entre eux et le souffle de la nuit, il n'y avait aucun secours.

Les Cavaliers, Joseph Kessel

Les Montagnards de la nuit,
Roger Frison-Roche
(1968)

Ce roman, assez mal connu, a un spectre plus large que d'autres textes de Frison-Roche. Contrairement à *Premier de cordée*, centré sur la figure du guide et son face-à-face avec le client, il comporte beaucoup de personnages et nous ramène à ce milieu montagnard, à ses habitants, dont il donne des descriptions touchantes et poétiques… Je me souviens par exemple d'une scène où le protagoniste passe au niveau du village du Tour, dans la vallée de Chamonix, et aperçoit des hommes en train de labourer la neige. Cette vision est le fruit d'une illusion d'optique, car les paysans ont simplement écarté la neige sur le champ pour pouvoir commencer à labourer – mais de la route, séparée d'un talus, il a vraiment cette impression surréaliste qu'on laboure un champ de neige !

Les Montagnards de la nuit est aussi un livre qui évoque la montagne à l'épreuve des conflits dans le cadre de la Seconde Guerre mondiale. Il met en scène de façon très originale la dimension du sacrifice, de la trahison, de toute la comédie humaine. Dans un tel contexte, la moindre inimitié, le plus petit différend, anodin en temps de paix, peut prendre des proportions dramatiques et vous envoyer devant le peloton d'exécution…

J'ai le souvenir, en lisant ce livre, de m'être trouvé dans un vrai théâtre de la vie… La structure du texte, aussi, à laquelle je suis très attentif, m'a beaucoup impressionné. J'aime la manière qu'a l'auteur de conduire le récit sans qu'on en voie le plan. Dans beaucoup de romans, je comprends assez vite comment l'auteur a réfléchi, construit son histoire… Frison-Roche donne d'abord l'impression qu'il part dans tous les sens et, finalement, on s'y retrouve, sans effort. Il y a là un vrai talent de conteur, un art qui relève d'une beauté simple. C'est un peu à l'image du guide de haute montagne qui vous mène jusqu'au sommet, par un dédale de roche incompréhensible au premier abord.

*

Rodriguez avait froid tout à coup, très froid !

Il eut un instant la tentation d'allumer le feu ; un tout petit feu, avec du bois bien sec !

Qui donc verrait la mince fumée bleue qui s'échapperait alors de la cheminée en auvent couronnant le vieux chalet ? Depuis l'aube il gelait dans la vieille bâtisse faite de rondins entrecroisés, couverte d'un toit d'ancelles supportant le poids de près de deux mètres de neige. Une seule petite ouverture éclairait la salle unique où vaches et gens vivaient ensemble durant les mois d'hivernage. Mais ceux d'en bas n'étaient pas montés avec leurs troupeaux, et Rodriguez avait choisi ce lieu désert pour y installer son poste radio. Le givre couvrait tout : les murs, les poutres, les couvertures jetées en vrac sur la caisse de sapin qui servait de lit et qu'il avait bourrée de foin prélevé dans le fenil. La pièce était si basse que Rodriguez lui-même, qui était petit, devait marcher courbé pour ne pas se cogner aux poutres apparentes.

Le radio alluma un petit réchaud à alcool, fit fondre de la neige, chauffa ses mains ouvertes en calice autour de la petite flamme, regarda la neige se changer en eau, puis l'eau bouillir. Un coup de gnole, une pastille de saccharine ! Il buvait maintenant avec volupté le liquide brûlant qui lui réchauffait petit à petit tout le corps. Il n'aurait plus d'écoute jusqu'à huit heures. Il pouvait faire un tour dehors, juste le temps de se dégourdir les jambes. Le soir tombait très vite. Déjà les vallées étaient dans l'ombre et si d'aventure un observateur ennemi pointait ses jumelles vers le signal de l'Alpette, il ne pourrait le découvrir sous la masse sombre des sapins.

Il enfila son passe-montagne, prit ses gants de laine – cadeau de la mère Pollet – décrocha sa mitraillette Sten, passa la courroie des jumelles autour de son cou et sortit.

Le chalet était enfoui dans la neige sur une sorte de replat qui le rendait invisible d'en bas ; à cette altitude la forêt était déjà nanifiée et les plus hauts épicéas n'atteignaient pas dix mètres ; c'était, l'été, un pré-bois d'excellent pâturage, juste sous la croupe du signal de l'Alpette qui dominait immédiatement la vallée du Nant-Noir et celle un peu plus lointaine de l'Arly.

Rodriguez chaussa ses skis. Il était encore malhabile et préférait les montées aux descentes, mais Charles les lui avait donnés avec quelques conseils ; en cas d'alerte subite sa seule chance était de disparaître dans la forêt. Il s'était fait une trace qui zigzaguait d'un sapin à l'autre et qu'on aurait prise pour celle d'un chevreuil, mais elle lui permettait d'atteindre sans être repéré les derniers bouquets d'arbres.

La montée était pénible, mais les muscles assouplis jouaient admirablement et Rodriguez goûtait enfin le bonheur parfait d'avoir chaud. Il déboucha sur le replat supérieur, où tout n'était que blancheur et silence. En vieux braconnier il s'attarda à observer les traces laissées par les bêtes. Il avait su capter la confiance des sauvagines et les hermines curieuses et familières gîtaient sous les vieilles poutres du mazot, se nourrissant des miettes qu'il leur abandonnait et qu'elles venaient chaparder jusque sous son nez pour disparaître d'un bond dans leur trou. Les bêtes sauvages étaient ses amies, n'était-il pas lui aussi traqué et pourchassé ?

Il atteignait maintenant le tertre sommital, magnifique observatoire d'où l'on découvrait un horizon de cimes et de vallées suspendues dans le calme blanc de l'hiver alpin.

Dans sa solitude il avait appris à lire les signes qui trahissent le passage des hommes et des bêtes. Ayant réglé ses jumelles, il fit son inspection quotidienne, relevant les traces suspectes, même celles du versant opposé, le grand revers qui, de l'autre côté du Nant, ne connaîtrait la douceur du soleil que dans un mois. Parfois il sursautait, cette trace qui montait tout droit jusqu'à un chalet perdu, elle n'y était pas la veille ! Puis il se rassurait : quelques paysans avaient dû « remuer », car le chalet fumait agréablement et dans la neige alentour on pouvait reconnaître les marques des sabots des vaches qui étaient allées boire au bachal. Juste au-dessous de lui s'ouvrait un abîme prodigieux déjà masqué par l'ombre vespérale et les premiers brouillards de la nuit. Cette faille se prolongeait au loin vers sa droite jusqu'à la pointe d'un vaste éperon triangulaire qui le séparait d'une autre faille également impressionnante, celle où coulait l'Arly. Au-delà de leur confluent gisaient, le long du fleuve, l'Hôpital-Neuf, les aciéries, des milliers d'êtres humains, ouvriers ou citadins, groupés dans les mêmes misères de l'occupation. Au-dessus des hommes, les montagnes du pays d'en haut s'illuminaient de pourpre, les plus hautes cimes recevaient le baiser du soleil couchant. Un instant Rodriguez fut ébloui par sa lumière, puis d'un seul coup il disparut dans les ombres.

Et parce que la lumière était moins crue, que les ombres obliques du couchant ne striaient pas la neige, il put mieux voir le versant pastoral qui descendait sous lui jusqu'au Nant-Noir. Au fond de son cirque, La Villaz, où scintillaient quelques lumières précoces, puis un peu au-dessus les chalets et les villages disséminés sur les pentes. Ensuite, encore plus haut, La Ray, le Nant-Gollet, où était tombé Marceau, Planpré et Hautecombe. Enfin les falaises de gneiss des grandes Alpes fermaient l'horizon de leur dentelure d'aiguilles. Ce haut pays fermé où rien ne se passait, c'était, il le savait, l'ultime réserve de la résistance. Un peu partout, de-ci, de-là, dans une ferme, dans une maison isolée, mêlés à la vie de tous les jours, les résistants ses frères œuvraient en silence. Comme s'il eût examiné une carte, Rodriguez tournait lentement la tête, suivant des yeux le cours du Nant jusqu'à l'étroit des gorges. Le torrent débouchait dans la large vallée du fleuve. Que se passait-il en cet instant sous le brouillard qui recouvrait ce bas pays ? Il le saurait à huit heures lorsqu'il ferait sa vacation. Alors il pourrait aussi contacter son collègue inconnu qui travaillait là-bas sur le plateau des Glières, masqué à ses yeux par l'imposante chaîne des Aravis.

Pour l'heure, il n'avait qu'à rêver.

Il se souvint alors avec étonnement qu'on était le 31 décembre 1943, le dernier jour d'une terrible année de guerre, et il soupira.

Puis, comme il s'apprêtait à redescendre, il distingua en contrebas une vague silhouette humaine montant vers son chalet. Il eut un instant de panique puis, ayant enfin réussi à orienter ses jumelles dans cette ombre qui effaçait tous les repères, il se rassura. C'était, sous ses vêtements masculins et ses fuseaux de ski, Philo, l'agent de liaison. Elle montait d'un bon pas malgré un sac pesant. Le ravitaillement ! songea-t-il tout heureux. Allons, il ne passerait pas seul cette nuit de fin d'année. Il pointa ses skis dans la pente, et se hâta à sa rencontre.

— Salut, Philo ! T'es chargée, donne.

Il la débarrassa du sac qu'il chargea sur son dos. Elle s'était arrêtée, haletante, le souffle encore court, et malgré le froid la sueur perlait sur son front. Elle lui sourit.

— Ouf ! On n'a pas idée de percher si haut.

— Dis, rouspète pas, ça fait deux fois que tu me fais changer en un mois, et chaque fois c'est pour aller plus haut…

— Va falloir pousser plus loin, Rodriguez. Charles m'envoie t'avertir. Les Boches rétrécissent leurs recherches, ils triangulent maintenant tout ce versant, alors on va t'envoyer sur l'autre…

Le radio regarda l'autre versant, celui des Revers. Il était couvert d'un épais manteau forestier, et le soleil, il l'avait constaté, n'y ferait une courte apparition qu'à partir de février. Encore un mois d'ombre et de froid.

— Merde, fit-il, on ne peut jamais être tranquille. J'étais bien ici. Si je ne pouvais pas faire du feu dans la journée, j'avais au moins le soleil pour me réchauffer. Enfin tant pis !

Les deux jeunes gens se dirigèrent vers le chalet.

La nuit était maintenant complète et les premières étoiles cloutaient le ciel, s'accrochant parfois aux dentelures des cimes, et on eût dit alors un feu humain, comme la fenêtre d'un refuge qui brillait dans la nuit.

Rodriguez suspendit sa mitraillette au crochet de bois de l'outa, puis referma la porte, briqua une allumette et alluma la petite lampe Pigeon posée sur une étagère.

— Brr... fit la jeune fille, on caille chez toi !

— À qui le dis-tu ! Attends ! ça ne sera pas long...

Il bourrait le poêle de fonte de brindilles de sapin sec, qui flambèrent du premier coup, jetait dessus des bûches de sapin. Tout de suite le ronronnement du feu, le crépitement des flammes, les vives lueurs qui jaillissaient du trou de tirage communiquèrent à la basse pièce glacée un renouveau de vie. Philo, exténuée par sa montée rapide, s'était jetée sur la paillasse et là, les yeux mi-clos, elle regardait son compagnon qui s'affairait, masquait la faible ouverture de la fenêtre avec un sac de jute, posait sur le poêle une marmite pleine de neige ; c'était toujours pareil, là où elle se rendait deux ou trois hommes, rarement plus, attendaient le ravitaillement qu'elle leur apportait quelquefois avec du retard, elle les trouvait généralement vautrés sur les paillasses, laissant le chalet dans un état de saleté et de désordre qui trahissait leur détresse morale. La plupart du temps c'étaient des jeunes de la relève, venus des villes, étrangers aux choses de la montagne et qui, oubliant qu'ils avaient provisoirement échappé au poteau ou au camp de déportation, ronchonnaient et maugréaient sur tout : sur la nourriture, sur l'inconfort, sur le froid, sur la solitude, sur le silence, le silence surtout auquel ils ne pouvaient se soustraire et qui les oppressait, les amenait peu à peu à un degré d'exaspération qui leur faisait oublier toute prudence. Alors un jour ils oubliaient les consignes, ils descendaient dans la vallée malgré les ordres du Bœuf, retournaient à la ville, au bal des filles, et trop souvent se faisaient bêtement prendre dans une rafle, le couvre-feu sonné. Quand elle arrivait dans leur repaire ils entouraient Philo, et elle sentait peser sur elle ces regards de jeunes mâles ; certains avaient osé, mais elle les avait remis à leur place d'une taloche aussi ferme que rapide.

Les Montagnards de la nuit,
Roger Frison-Roche (© Arthaud, 1968)

Table

Cet ouvrage a été mis en pages par

<pixellence>

Imprimé à Barcelone par:
CPI Black Print

N° d'édition : L.01EHBN000654.N001
Dépôt légal : octobre 2021